夜不語
詭秘檔案906
Dark Fantasy File
荒村禁地
夜不語 著
Kanariya 繪

CONTENTS

楔子

在劉華的印象中，他爸是如果遇到了生命危險，會扭頭就跑的軟弱男人。但這次，自己和媽媽，卻被他「綁架」了兩天兩夜。

劉華對爸爸的記憶並不多。但是他發誓，他一定不要活得和爸爸一樣窩囊。他發誓，自己一定要發財。哪怕昧著良心，用盡所有手段。

還好，他的模樣揉合了父母的優點，有些小帥。不知什麼時候開始，他，踏入了網路直播這行業，當了個男主播。

也就是從那天開始，開啟了他的惡夢。

劉華的直播頻道叫「小紅帽泡妞隊」。名字很俗氣，但是內容很新穎。就是靠臉，以及兒時玩伴二狗和琴琴兩個人的助攻，追自己大學的女同學。

一開始還很順利，他以每三個禮拜通關一個女生的速度直播，在直播頻道狠狠地賺了好幾波流量和禮物。每個月的收入也水漲船高。說實話，他所謂的追女大作戰，非常惡劣。只找外貌普通，看起來缺乏關愛的女孩，用最快的速度，最溫暖的話，和最便宜的約會方式展開追求。

一個禮拜告白成功，交往一個禮拜後等觀眾厭煩了，就找機會將女孩甩掉。尋找下一個目標。往往，每一次攻略，都會造成本就缺少關愛的女孩們的二次傷害，甚至會讓她們不斷地自我否定。

劉華從來不找漂亮的，因為他搞不定。也不找家裡有錢的，因為他怕遭到報復。作為幫兇，雖然兒時玩伴二狗和琴琴有時候也看不下去，可是他們倆也不是什麼好貨。基於自己的理由，將幫兇這個角色做得有聲有色。

直到半年後的一次直播中，出了問題。

那時候劉華的直播頻道粉絲已經很少了，畢竟每次都追外表一般的女生，口味越來越刁的觀眾紛紛棄之而去。眼看收看直播的觀眾越來越少，說不焦急是假的。所以這位心黑主播一不作二不休，將班上的班花照片發在了直播頻道中。

「兄弟們，咱們這次攻略的對象定了，就她。大家刷一波6，禮物刷起來。」劉華雖然這麼說著，可心裡沒底。

班花長相清純，大學四年也沒見過她耍男友，經常獨來獨往。雖然追求者眾，可她沒給過任何一個好臉色看。班花的背景，劉華沒查到。不過她穿著普通，經常一條米格裙子會穿兩天。

哪有好人家的女孩，不每天換裙子的？從前劉華追的姿色普通的女生，即使家境一般，裙子衣服也是每天換著花樣變。劉華判斷，班花家的家境肯定不太好。類似家庭不好的女生，從小壓力就大，想要靠讀書出人頭地。所以班花才從不談戀愛，一心只顧著學業。

所以他才大著膽子將主意打到她身上。先追一追，加上自己兩個兒時玩伴的助攻。說不定真有搞頭。就算沒搞頭，不是還有別的手段嘛。打法律擦邊球的手段，劉華可沒少做過。不然哪怕是普通女生，他怎麼可能兩三個禮拜就能換一輪？

班花的照片一發在直播頻道，迅速讓死氣沉沉的直播頻道沸騰起來。字幕一個接一個的彈出，「小紅帽，你行啊。終於找了個長相過得去的下手了。」

「這麼清純的臉，隔著螢幕都看得我流口水。小紅帽，要得手了，你直播接吻畫面，我刷兩個遊艇給你。」

「有接吻畫面，老子打賞十個遊艇。」

「我刷給你一架飛機。」

也有些觀眾看不下去，「小紅帽，收手吧。禍害了那麼多女孩，也不知道有多少女生為了你得了憂鬱症。缺德啊，小心夜路走多了碰到鬼。」

劉華對著直播鏡頭痞子似的調侃道：「遇到鬼我也認了，如果是女鬼，兄弟我說不定也一併把她攻略了。兄弟我社會劉哥的名號，可不是靠吹出來的。」

有觀眾發彈幕，「廢話別那麼多，小紅帽你家直播頻道人少得都快擠不出水了。這麼漂亮的妞，別是玩我們的吧。要攻略快點去，別浪費咱們的時間。」

「各位老爺的命令收到了，今晚八點半我準時開直播。大家擦好眼睛看美女被我拿下吧。」劉華囂張地笑了幾下後，關掉了直播軟體。他忙碌起來，帶著二狗和琴琴採購東西，準備先來場出其不意的告白。

既然班花挺高冷的，根據劉華那麼多次的追女經驗，一定要出險招奇招，勾起她的好奇心。

晚上八點過，在學校回女宿舍的其中一條必經之路上，黑心男主播三人在路中間將蠟燭，擺放成了一個古怪的形狀。

琴琴看得有些不解：「華哥，你幹嘛要用白蠟燭？這不是給死人用的嗎？」

「叫我小紅帽。」劉華緊張地看了看手機，還好直播時間沒到。他瞪了琴琴一眼：「叫我真名字是想暴露我身分啊，被人人肉到了，老子這輩子就別想娶老婆了。」

得了，他還挺有自知之明的，知道自己幹的勾當上不了檯面，有些缺德。

說完，劉華得意地解釋：「既然要出奇制勝，那肯定要別出心裁。大家都用普通白蠟燭和紅蠟燭告白，太沒新意了。我就不一樣，告白用死人蠟燭，就算告白不成功，也能給班花那妞兒留下深刻的印象。只要她心裡有我的影子了，不管是好的還是壞的，這事就能成。說白了，女人就是一種極度好奇的生物。」

漆黑的夜籠罩了校園。這所大學臨近畢業季，許多學生都放假了。平時熙熙攘攘的人流不見了，冷清了許多。但是劉華調查過，班花通常會在八點半時一個人回女生宿舍。她有百分之六十左右的機率會走這條路，剩下的百分之四十，他有辦法。

二狗照劉華給他的圖案擺蠟燭，他擺一根點一根，當擺弄的差不多時，突然臉色發白。

琴琴見他臉色不對，連忙問：「怎麼了？大晚上的，你一副嚇人的模樣，看得人心驚得很。」

幾乎所有的學校都這樣，只要人一少，就變得陰森恐怖。在這條寬敞的主要道路上，由於節約能源的緣故，路燈幾乎是隔一盞關一盞，路中央的光線就更加不足了。搖搖擺擺的蠟燭燈光照在二狗煞白的臉上，給人一種刺骨的冷。

說起來，今晚的風不大，卻冷得驚人。明明才六月而已啊，盛夏的夜，什麼時候也變冷了？

「不是，不是，琴琴，妳看那個心的圖案。」二狗指了指地上燃燒的蠟燭。

琴琴狐疑地看去，沒看出什麼端倪：「很正常的心形啊。」

白蠟燭帶著一股子死氣，明明是完美的心形，卻顯得有些怪。到底是哪裡怪了，琴琴卻不怎麼說得出來。

「妳到我這邊來看看。」二狗拉著琴琴來到另一邊，一看之下，女孩也驚了。不知是不是角度變了的緣故，火光中的心形，竟變成了一顆心臟的模樣。風一吹，火一搖，那顆心臟彷彿砰砰地跳動著。

琴琴嚇得捂住了嘴，她自己的心臟也狂跳起來，尖叫了一聲，拉著劉華急促地說：「華哥，這些蠟燭不對勁兒。」

「哪裡不對勁兒了？」劉華撇撇嘴，看也沒看那些蠟燭，一個勁兒地在為直播做準備：「這圖案有問題那就對了，我是從網路上找來的。據說是根據格納斯定律製作的奇圖，看起來平平無奇，但是只要一挪位置，圖就變成了另一副模樣。」

「但是……」琴琴總覺得哪裡不對。

「別但是了，心形變了就表示蠟燭擺成功了。」劉華不耐煩地擺擺手。他忙著將腳架擺放在一個很完美的角落，固定好手機螢幕，還在身上的隱秘處藏了藍芽耳機：「我吩咐給妳的任務，準備好了就快點趕過去，想方設法都要讓那妞往這邊走。」

琴琴擔心地往學校的大門走去，一邊走一邊不停地回頭。隨著她走遠，她發現死人蠟燭的火焰燃燒得越發旺盛，那顆心臟在火光中，竟然變得漆黑一片。

黑心不斷跳動，跟著她的視角變換而變化，琴琴的心，慌得很。她嘆了口氣，平時她就是個靈感有些強的女生，那顆跳動的黑色心臟，讓她莫名的煩躁和恐懼。就如同他們三人在進行某種可怕的黑暗儀式。

而且儀式，就快要成功了。

「二狗，你躲在那棵大樹後。等一下聽我的命令撒花瓣和遞東西。」劉華整理了一下自己的儀容，甚至還化了點自然妝，這才打開了直播軟體。

八點半的戰場，正式開始了。

直播螢幕一出現，驚喜的一幕也出現了。劉華眼睛都在發光。也許是那幾張班花清純的照片起了作用，當初走的走散的散的大量觀眾相互轉告，回來了許多。不久前還只有十位數的線上人數，現在跳躍到了一千多人。

劉華在鏡頭前深呼吸一口氣，露出自認迷人的微笑：「各位爺，咱們小紅帽泡妞隊的第三十位女主角，即將從那條路的盡頭走過來。」

他在鏡頭中展示了身後那條彎曲的學校內部道路，手機螢幕上一大串彈幕飄過。

「小紅帽，別說那麼多有的沒的了。妞兒在哪兒？」

「我說小紅帽，咱別那麼俗氣行不，居然點蠟燭求愛，太老套了。那清純妞要上鉤才怪。」

「算了，你們還當真了。我看那清純妞就是他小紅帽花錢請來的演員。那種長相的美女，不花錢請，我才不信小紅帽這小賤人能追到手？屁咧。」

「就是就是。小紅帽能成功，老子也開直播，直播現場吃翔。」

劉華也不解釋，「在追班花之前，我給大家講講這妞的資料。」

這也是他直播的特色之一，每個要追求的女生，他都會詳細講解對方的資訊，包含各式照片，其中更不乏一些打擦邊球的。但是對於班花，資料太少了。只知道基本的姓名等等，就連生活照，都是他從學校攝影部買來的。

他一連又發了幾張班花的照片。螢幕上班花或穿著格子裙和白襯衫逛街、或抱著書走在校園中的美照，吸引得直播觀眾們一個個哈喇子直流。畢竟是攝影部的人出手，哪怕是偷拍，可那虛化和光影效果，真的值回票價了。

靠著這幾張照片，他又刷了一波人氣。眼看直播頻道的人數就衝上了三千。有好些人抬手就是一塊錢一根的玫瑰，一口氣刷了上百朵。滿屏玫瑰飄過，劉華的眼裡全是金光。

他開始浮想翩翩，如果真把班花追到手了，那開直播不知道人氣會漲成什麼模樣。打賞莫不是要多少有多少，不要太 high。劉華惡狠狠地打定主意，哪怕下黑手、各種下三濫的手段都用上，也要把班花搞定。

「大家也看過照片了。咱這班花，是西南某城市某大學的學生，跟我同班，平時接觸不多。她的名字，叫秦盼。名字和人一模一樣，都很美，對吧。」劉華大咧咧把人家女孩的資料全都透露了，完全不在乎隱私權的問題。

因為他深深知道，越真實，螢幕前的觀眾就越有代入感。一大群魯蛇跟著他追求平時怎樣都不敢看的女神，那刺激程度，只能用大筆大筆的打賞來填平。

「秦盼身高 162，胸圍 85，腰圍 59，臀圍 87。完全是黃金比例，也就是俗話說的胸大、腰細、屁股豐滿。」劉華張口就是鬼扯，他哪知道秦盼的三圍，全是亂編的。畢竟秦盼對他而言，平時也是仰望的女神般的存在。

走在校園中的秦盼美目盼兮，卻從不會落在任何男性身上。她烏黑的馬尾辮，她白皙的脖子，她挺胸抬頭的氣勢，總會讓大部分的男生望而生畏。劉華這次之所以將目標放在她身上，其實也有報復的心態在。

同班幾年了，對自己這個帥哥，秦盼從來沒有多看過一眼。在她眼裡，說不定路邊爬過的小蟲，都比他顯眼。

這臭娘們，裝什麼清高。

就在這時，一個觀眾的彈幕高亮飄過：「小紅帽，你這裡不是追妞直播嗎？什麼時候開始涉足恐怖影片了？」

沒頭沒尾的字幕，讓劉華摸不著頭緒，「這位爺，我不正在直播追妞嗎？妞馬上來了，絕對正點，你等著給我刷遊艇吧。」

「真不是恐怖影片？我怎麼隱約看到你背後的樹後邊，有一個奇怪的影子？」高亮字幕之後，別的觀眾也發現了異常，紛紛彈出字幕：「對啊，我也看到了。小紅帽，就在你左邊的草叢裡。大樹後面。那裡有一張模糊的臉。」

「不對，不像是臉。就是一個站在樹下的人，像是穿著紅裙子，不太顯眼。哎呀，媽呀，看得我背後直起雞皮疙瘩。」

「是是是，那棵樹下確實有人。我截圖給大家福利。」

大量的字幕飄過，看得劉華頭皮發麻。他站在沒人的路上，冷風吹過，他猛地打了個擺子。劉華迅速朝左邊的樹林看去，黑漆漆的樹林中，明明什麼也沒有。

哪有模糊的臉？哪有穿著紅衣服的人？難道是誰看他不順眼，串通好了來惡整他，想要弄亂他的直播頻道？

想到這，劉華僵硬的臉咧開一絲勉強的笑：「大家別逗我了。還是回到咱們頻道的主題吧。」

他用對講機問琴琴：「琴琴，秦盼那妞來了嗎？」

「來了來了。今天不知道她出了什麼事，明明是朝另一條路走的，可是那條路剛走幾步，還沒等我去想辦法阻止她。她就掉頭朝你那邊過去了。」琴琴在對講機另一頭小聲地說。

「太好了。」劉華激動地雙手交握：「兄弟們，老爺們，女主角就要來了。長相保證讓大家都滿意。我這裡還有幾張珍藏的班花美圖，全貢獻出來了。」

就在劉華準備把秦盼的照片全發出來，再預熱一波時。突然，螢幕上一個觀眾將自己直播頻道的截圖放在了評論區。圖片還貼心地用紅筆畫了一個不規則的圈。

截圖中自己左側樹林的某一棵大樹被紅圈標示，圈中，確實有一個模糊的人影。穿著紅色衣裙，看不清楚的臉，卻彷彿死死地盯著他一般。看得劉華全身發涼。

他下意識地朝著紅圈的位置看去，雖然樹林仍舊很黑，但是並沒有黑到不可視物。那棵老樹下，依然什麼也沒有。

這，是怎麼回事？

「各位，你們是在玩我嗎？明明什麼都沒有。」說這話的時候，劉華的喉嚨一直在發抖。

彈幕繼續大量彈出，「沒玩你啊，根本就是你在玩我們吧。你看，那棵樹下明明站著一個人，紅衣服，長頭髮。是個身材還不錯的女生。不過看不清楚臉。」

「對對，那個女生在看你呢。啊，好可怕。她朝你走過來了。我馬上截圖。」

評論區裡又發了一張截圖，圖片裡樹下的紅衣女子往前走了一些。離他大約二十幾公尺遠。

劉華再次轉過頭去，還是什麼也沒看到。他偷偷地將對講機取出來，關掉藍芽耳機，對躲在樹旁的二狗說：「二狗，你左邊五點鐘方向，有沒有看到一個紅衣女子躲著？」

二狗疑惑地看了幾眼，斬釘截鐵地搖頭：「沒有，沒看見。」

「等一下，說不定你看錯地方了。我發圖給你。」劉華取出另一隻手機，將觀眾發的兩張截圖都傳給二狗，「你去有紅衣女的樹下瞅瞅，看是誰想壞我們的好事。」

他覺得可能是最近半年自己壞事做盡，哪個被他甩掉的女生來報復了。吩咐完二狗，劉華將手機鏡頭轉了個方向，正面對準地上的蠟燭。繼續直播：「好了，咱們繼續發班花美照，還有這妞兒平常的一些故事。」

直播追妞最重要的是讓觀眾有代入感，所以詳細介紹女主角的背景資訊很重要，而且越多越好。觀眾會有最直觀的感受，完全有一種在玩惡意的養成類遊戲似的。

他一邊說，一邊不時用眼角餘光朝樹林裡邊掃。二狗看了截圖後，朝圖中紅衣女的位置移動。他的身影穿梭在樹林的陰影中，時隱時現。過沒多久，就來到截圖紅圈中的樹下。二狗愣愣地左右張望，什麼也沒有發現。於是對他比了個無奈的手勢。

劉華鬆了口氣。該不會那紅衣女，真的是某個觀眾 PS 上去的。直播在時間的流逝中一點一點繼續，路的盡頭，班花秦盼的身影暫時還沒有出現。可是頻道的熱度在增加，人越來越多。

但風向變了，從討論班花轉變成樹下紅衣女究竟是人是鬼，還是直播主的惡作劇。

直到有個人突然說了一句，「大家有沒有覺得很怪。我不覺得那是主播刻意請的人。因為我看那紅衣女有些眼熟。而且，那紅衣女的比例有問題，以她的身材比例，腦袋不應該靠近樹杈的位置。你們覺不覺得，她說不定是飄在空中的？」

這個彈幕，直接讓還在不停絮叨著的劉華雞皮疙瘩都冒了出來。他瞟了幾眼紅衣女，不知是不是先入為主，劉華真覺得這女人的身材，似曾相識。還有那棵樹的高度，最低的樹枝都有兩公尺高，而紅衣女的腦袋，卻抵住了樹杈。

學校裡，可沒有任何女人的身高能有兩公尺高。就算有也絕對是名人，他不可能不認識。不過看女人的手和肩膀的比例，確實也不像身高有兩公尺高。

該死，搞什麼鬼？截圖中的女人到底是誰？他已經排除了是某個觀眾的惡作劇，畢竟，那女人，他是真的越看越熟悉。

就在這時，二狗在對講機裡驚叫了一聲。

「二狗，什麼情況？」他連忙問。

二狗的聲音很急促，「紅帽哥，我覺得有什麼東西老是踢在我脖子上。」

劉華連忙轉頭，只見二十幾公尺外的樹林中，二狗縮著肩膀，手捂住自己的脖子。

驚恐地從下往樹上看著什麼。

「你看到了什麼？」劉華問。

「什麼也沒有看到。」

「什麼沒看到，那你怕個毛。害我都差點慌了。」他大罵。

二狗又尖叫一聲，「是鞋子。是鞋子在踢我的脖子。可是這裡根本沒人，只有空氣啊。」

二狗上下一陣亂摸，他的手觸摸不到任何物體，但是分明有東西在一晃一盪的，猶如在空氣裡盪鞦韆。它的腳尖，不斷地點在自己的脖子上。二狗害怕極了，在這陰森昏暗的樹林裡，他渾身都在發抖。

「裝神弄鬼。」劉華一咬牙，乾脆將手機取下來，對準二狗的位置。彈幕飄過一陣語助詞，一串一串的髒話飛舞，隔著螢幕都能聽到看直播的觀眾措不及防的尖叫。

「他媽的，小紅帽，你真改直播主題了。明著是追妞，暗地裡糊弄我們，讓我們看這個。嚇死老子了。」

「別說了，真夠恐怖的。我不敢上廁所了，有誰陪我去？」

「叫你媽陪你。老子可是嚇得把手機螢幕都摔爛了，誰賠我！」

劉華強壓下湧上喉嚨的緊張，他無論是現實中的小樹林，還是螢幕中的小樹林。那樹林中，那站著二狗的樹下，都仍舊沒看到恐怖的場景。但是二狗害怕得快要瘋掉了，這是事實。螢幕前的觀眾那些寫實的彈幕，也讓他嗅到了絕不正常的氣息。

奶奶的，那些觀眾，究竟看到了什麼？

「各位大爺，你們在我的直播中，到底見到了啥？」劉華將這句話問了出來。

「行，小紅帽，劇本可以啊，你小子裝得挺像的。為了表示鼓勵，我截圖給你。」一個觀眾挺誠實地將截圖發到了評論區。

一看那張動圖，劉華猛地難以置信地瞪大了眼睛，一屁股軟倒在地。

鬧，鬧鬼了！

只見那看不到的紅衣女，仍舊站在樹下。但是有了同樣在樹下的二狗對比後，直觀多了。二狗的肩膀附近，那紅衣女在不斷的晃蕩。彷彿一根繩子捆在女人身上，每一次晃蕩中，當她的腳做圓周運動來到的最低點時，腳尖就會接觸到二狗的脖子窩。二狗顯然看不見紅衣女，但從皮膚上傳來的觸感，卻真真實實。

這不是鬧鬼了，還能有別的解釋嗎？

劉華用呆滯的眼神朝二狗的方向張望，就聽二狗慘叫一聲，不知被什麼東西撞到，整個人都飛了起來，跌倒在幾公尺外的草地上。他痛得不停哀號扭動，痛得爬不起來。

「快跑。」劉華再也顧不上直播了，吼道。

「紅帽哥，我的腳，有什麼東西抓住了我的腳。」二狗臉色扭曲地吼道，他的聲音裡全是恐懼。一股無形的力量將他從地面倒提起來，猶如提線木偶般，他沉重高大的身軀，在空中晃蕩。

接著，在二狗的尖叫痛苦聲中，他整個人都被拖入樹林深處，再也看不見，死活不知。看直播的一眾吃瓜群眾也在螢幕後邊尖叫，被這峰迴路轉的劇情給嚇得不輕，紛紛發彈幕咒罵。

劉華將手機隨手塞進褲子口袋裡，也不管自己兒時玩伴的死活，跌跌撞撞一身冷汗地逃掉了。他混亂的腦子終於想起那個紅衣女是誰。

那女人的名字，他甚至記不清了。可是模樣還記得，人長得普通，身材乾瘦，屬於丟進人群中也撈不出來的女孩。是他第六個直播追求的目標。但是那妞太專情了，死纏著他接近一個半月。一會兒傳割腕照片給他，一會兒傳要跳樓的影片給他。

劉華咒她罵她要她趕緊找個地方去死，最後他依稀聽說，那女孩真的死了。似乎吊死在附近的一棵大樹下。那種用情專一的女人被負心男傷害後，變成厲鬼報復的戲碼，小說電影都用濫到不想用了。怎麼就落在了他身上。

他怎麼就那麼倒楣？

劉華逃了，逃回了家，整日不敢出門。留下被摧殘得不成人樣，只剩下一口氣的兒時玩伴二狗。據說二狗在醫院裡搶救了三天三夜才保住命。

最終，一直不敢出門的他，將這件事告訴了父親。膽小怕事的老爸竟然臉色大變，將他連媽媽一起綁到車上，開著車趕了三天三夜的路。終於到了長江邊的一個小地方。那個地方很古怪，到處都掛著圖騰。那圖騰也很奇怪，竟然是一隻肥肥難看的怪鳥。

老爸讓劉華跪在地上，腦袋埋在雙手之間。他也跪下，直到一些穿著中古服飾的人走出來。父親和那些人說著拗口的方言，其中一人點點頭，取了個碗，盛了點長江裡的水，掏出一張符咒。

符咒一擺，無火自燃。紙符被那人丟入碗中，江水遇到火，猶如油似的劇烈燃燒起來。蒸騰的白氣，讓那人的臉孔都扭曲了。

火氣燃盡，那人讓劉華將整碗江水全部喝光。

穿古怪服飾的中年人這才滿意地點頭：「你中了陰鬼追魂咒，本來只有半個月的命。幸好你命大，你父親發現得早。既然你父親曾經是我門的外門弟子，我可以救你。」

劉華本來不怎麼迷信，但是自從那紅衣女鬼事件後，他整個人都疑神疑鬼的，不敢看手機，不敢看任何帶螢幕以及會反光的東西。他的世界觀都崩潰了。對於中年人嘴裡神神叨叨的話，他不敢不信。

畢竟有些東西，只有經歷過，才知道恐怖。如果沒有人救他，說不定自己真的活不過半個月。

「我可以救你。」中年男子繼續道：「但並不是免費的。」

「我有錢。我爸平時那麼吝嗇，想來存的錢也不少。」劉華說，他年華正好，可不想死。

「我不要錢。」中年男子笑咪咪地說：「我要你去幫我做一件事。」

「什麼事？難不難？」

「不難。我暫時將陰鬼追魂咒壓下去。兩個月後，你到春城一所醫院裡潛伏起來，最好混入一個人身旁。」

「誰？」

「一個叫夜不語的人。」

「我在他旁邊幹什麼，要我殺了他還是保護他？」

「呵呵，到時候，你就知道了。」

中年男子抬頭看著滾滾流逝的長江水，呵呵不停地笑著。那本來就沒有親和力的笑容中，滿帶著結冰的陰森。

千年的謀劃，終於要得償所願了！

第一章 醫院疑雲

文儀瀑布般的長髮在空中飛舞，轉身間，光芒大作。等所有人再次睜開眼睛時，無數螞蟻般噁心的黑影已經消失得一乾二淨。

了無痕跡。

游雨靈瞪大了眼，不可思議地轉著脖子瞅來瞅去，「咦，那些黑影死了？」

「沒死，見情勢不好都逃了。」文儀撇撇嘴，看向我：「小夜，你是怎麼知道我就是M的？我的名字裡完全沒有M這個發音啊。」

這個在衡小第三醫院裡化名文儀還易容了的鹿筱筱促狹地笑著，不明白自己在哪裡露出了馬腳。

鹿筱筱這個名字引起了我久遠的記憶，這女孩是我死對頭陸平的女兒。雖然陸平已經沉寂多年，但也時不時在我的人生裡刷一波存在感。關於鹿筱筱，自己知道的也不多，只和她一起經歷過一件極為詭異的事件。

從根本上來講，我跟她應該是敵對關係。鹿筱筱的身世挺可憐的，而且年齡，也遠遠比看起來的大得多。說實話，我腦海中鹿筱筱的性格與眼前的她對不上。不過我還是猜了出來，因為只要是人類思考就會有局限性。

「妳的名字中確實沒有M的發音，可是人很奇怪，想法有時候會出奇得簡單。例如密碼。」我撇撇嘴：「很多人會將生日當做自己的密碼，用來刷卡付款。但是更多人，又覺得這樣的密碼並不安全，可改成就連自己都陌生的密碼，又怕忘記。於是有趣的地方出現了，他們往往把生日日期的數字往前調一天或往後調一天，這樣既不容易讓別人猜到，又不會輕易忘記，簡單明瞭。」

「妳留給我的紙條，我還留著。」我用手指點了點腦袋：「我記得很清楚，妳留下的第一張紙條，儘量用了中性字體來抹除妳的性別。而在落款時，停頓了一下。才寫了M這個字母。在M的左側拐角，妳用筆點的很重。那是妳在思考，究竟該怎麼隱瞞自己的身分；而不落款，又顯示不出留言的重要性。」

「最後，妳下意識地選了M這個標記。離自己的名字L只往後推了一個字母。」我笑起來，「我很早就鎖定了妳的名字，應該不是從L開頭，就是N開頭的。直到看到妳的第一眼，我才明白。原來果然是L開頭。」

鹿筱筱臉色漲紅，「難道你一開始就認出我來了。可是你明明開口否認了我的身分啊！」

「廢話，不否認的話，還請妳一起吃午飯啊。畢竟妳老爹跟我不對盤，妳亦敵亦友，而且性格變化那麼大。我怎麼知道妳想做什麼壞事，有什麼打算。」我撓撓頭。

在自己心中，鹿筱筱還是從前那個模樣。膽小、懦弱、三無女似的不愛說話，當初第一次見到她時，在冷冰冰的雨中站著，雨水順著她的長髮打濕全身的場景歷歷在目。弱小可憐猶如一隻迷路的小貓。

都說女大十八變，但她真實年齡至少也是奶奶級的，早就過了不知多少個十八歲了。何況再怎麼變，三無女也不可能變得像如今這麼跳脫猶如御姐吧。難道其中還有什麼變故不成？

「把妳的人皮面具拿下來吧。」我識破了她的身分後，再看著文儀的臉，總覺得不舒服。

鹿筱筱使勁兒搖頭。

「文儀，妳還帶了人皮面具啊，我只聽說過那東西，沒見過。」游雨靈用手指抵住嘴角，好奇地說。

「她真名叫鹿筱筱。」我糾正道。

「奇怪的名字。」

「妳的名字也沒好到哪裡去。」鹿筱筱嘟嘴。

游雨靈眨巴著眼：「我的名字超好聽的，好嗎！聽說是我那沒文化的老爸翻爛了幾本字典才取了這個好名字。妳還姓鹿咧，聽都沒聽說過。」

「我隨我母親姓。」

我呵呵笑了兩聲，插嘴道：「妳母親也不姓鹿啊。」

陰森森的破舊太平間裡，我們三個人在拌嘴。致命的危機就在醫院中蔓延，但至少在這小小的空間中，還算安全。

「總之我的名字就是很奇怪，真對不起。」鹿筱筱氣呼呼的。

我沒再開口，猜測著人皮面具的位置，一手朝她的臉抓過去。這個武功不錯的姑娘明顯對我沒啥防備，我一抓就得手了。硬生生將面具抓了下來。

看著手裡的面具，我有些恍神。這東西和自己想像的完全不一樣，本以為是什麼高科技的仿人體組織的材質，結果根本就不是。拿在手中硬梆梆的，背後還有一圈圈的木紋，像是某種百年古董。

難道這也是擁有超自然力量的東西，難怪看起來不像是換臉，更像是換人似的，簡單粗暴，天衣無縫。

「嗚，不要。」突然，鹿筱筱驚叫一聲，整個人都萎縮了下去。肩膀變窄了，頭髮變短了，臉蛋也從二十多歲變回了十多歲的樣子。張著大大的迷迷糊糊的眼睛，身高縮回了一百六上下。整個人的氣質，也驚人的反轉。從御姐變成了冷面女蘿莉。

她重新變回了我當初見她時的感覺。歲月沒有在她身上留下任何痕跡，她眨巴著大眼睛，不言不語，深深的迷茫瞳孔在呆呆地看我。果然陸平將女孩的時間凝固了，她或許真的能不老不死。

鹿筱筱原本緊貼著身體曲線的粉紅護士服，因為身材縮水的原因，也變成了鬆垮垮。胸部和臀部都嚴重縮水，一丁點都不性感了。

「嗚嗚。」鹿筱筱發出了兩聲沒有太多感情色彩的語氣助詞。

「好神奇，這是基於什麼科學原理？」游雨靈更好奇了，她左右打量著變了個人的鹿筱筱，不斷發出「咦咦咦」的驚奇叫著。

我一臉黑線，這傢伙的存在也很不科學，又是符咒又是桃木劍的，科學這個詞從她嘴裡吐出來，根本就不搭嘛。

換了性格的鹿筱筱不愛說話，言簡意賅，也不和她扯皮了，愣愣地對我說：「夜不語，我爸……」

她似乎想要說什麼重要的資訊，可話還沒有說完，游雨靈已經調皮地從我手裡將木質面具搶過去，蓋在了鹿筱筱臉上。

神奇的事情出現了。鹿筱筱的身材以肉眼可見的速度變得豐滿，傲人的胸開始隆起，個子也開始拔高。就連聲音也變了。

「游雨靈，不要玩我的面具。」她轉頭怒瞪化身好奇寶寶的女道士：「不然我一個梨花鏢射妳一臉。」

木質面具不只能改變她的身材面貌聲音，似乎還能影響她的性格。真是好東西！

「變了變了，好好玩。」游雨靈嚇了一跳，吐了吐舌頭，將面具摘了下來。

鹿筱筱變回了原本的乾瘦身體，沒理她，臉色凝重，又看向我：「我爸爸他……」

「真好玩，百變金剛似的。」游雨靈又把面具戴上去。

身材飽滿後的鹿筱筱怒瞪她：「妳夠了，別以為我不敢動手。我只是脾氣好。小心我……」

面具取下來。

「夜不語，爸爸已經被……」

面具戴上去。

「再次警告妳，游雨靈。我要發飆了。」

取下來。

「夜不語，這裡有危險。」

再戴上去。

鹿筱筱終於發飆了，她盯著游雨靈的臉，猛地向後退了幾步。手一翻，八根梨花鏢已經夾在了指縫間。她眼裡全是氣惱之色，明顯是被惹怒了。

游雨靈也知道玩過火了，她縮了縮脖子，下意識地將一把鬼門符握在手心裡。兩個漂亮女孩劍拔弩張，只有手機照明的黑暗太平間內。鹿筱筱的指縫裡全是刺目的鋒利寒光，而游雨靈的雙拳裡，散發出幽幽的鬼門符焰色。

這算什麼事，剛剛打黑影小怪獸的時候都沒見這兩個女人如此認真賣力。女生的思考邏輯，我真是無法理解。

自己嘆了口氣，在她們倆腦袋上一人一個爆栗。順手將鹿筱筱臉上的面具扯下來後代管了。兩女吃痛，紛紛嗚咽了兩聲。不敢再亂玩鬧。

「說吧，妳爸怎麼了。這裡為什麼有危險。」心底深處，對剛剛鹿筱筱說的隻字片語，我已經有了些猜測。一股不好的預感，潛入腦中，沉甸甸的壓抑得很。

「爸爸死了。」

「啥？」我瞪大了眼睛，陸平那個不老人，我一直以為是大 BOSS 般的存在，居然死了？他不是不老不死嗎，他怎麼會死！

「爸爸是被陰教殺死的。陰教殺光了爸爸的人，搶走了他所搜集到的所有陳老爺子的骨頭。」鹿筱筱緩緩說道，看不出她眼神裡有什麼波動。她說到父親的死亡，也不悲不喜。這個女孩或許是不老不死的。但根據物理守恆定律，得到了什麼就一定會失去什麼。至少她的感情，就是被剝奪的其中之一。

可為什麼她對我，那麼特別？甚至不惜為我抵擋烈焰和爆炸，替我承受了致命的攻擊？

「陰教。」對於這個隱藏在世界暗處的教派，我有所耳聞。我恨不得食其骨的雅心勢力就屬於陰教，他們擅於驅使變異小昆蟲，為達目的不擇手段。沒想到他們發展的那麼快，毫無徵兆就把陸平的勢力滅了。

我咬緊牙關，正要說什麼，鹿筱筱打斷了我，繼續道：「放心，陰教也被滅了。」

自己瞬間臉就白了，她的話大大超出了我的承受範圍，只感覺目瞪口呆，有種世界變化太快的暈眩。你奶奶的，獲得了陸平所有陳老爺子骨頭和超自然物件的陰教應該實力大漲才對，怎麼會在就連楊俊飛那老兄都沒得到訊息的情況下，就毫無徵兆的被滅了。滅掉他們家的，又是誰？

「這要從陰教的起源說起。」見我又驚訝又疑惑，鹿筱筱緩緩解釋道：「傳說千年前張道陵在長江上創立了五斗米教。之後又被分為陰教和鬼教。夜先生，你應該知道雅心勢力就屬於陰教，而陰教也有死對頭，那就是原本同屬一門的鬼教。」

陰教和鬼教之間的矛盾我過去曾有過經歷，也算知道些許。不同於驅使生物的陰教，鬼教的手段更加邪惡、暴力和殘忍，而且那個教派城府極深。我從來沒有逮住過他們的馬腳。只稍微知曉，那個勢力似乎偏向用詛咒和血祭等等方式，驅使超自然物件，來達到目的。

「所以是鬼教消滅了雅心所在的陰教？」我問。

鹿筱筱點頭。

我拽著拳頭，「不對，這兩個教派明明就是一體的，只是幾百年前出現了分歧，分裂了。現在鬼教併吞了陰教，也只是恢復原本五斗米教的傳承罷了。他們搜集那麼多陳老爺子的骨頭幹嘛？難不成想把老爺子湊到一起，拼出來看他到底長什麼模樣？算盤打得倒是挺好，我就不信他們真把骨頭湊齊，能召喚神龍出來。」

說到這兒，心裡猛地咯噔了幾聲。明白了鹿筱筱為什麼說這家醫院危險了。鬼教在拚命搜集陳老爺子的骨頭，自己所知的幾個搜集大戶，其一是陸平組織，已經被滅了。而陰教，被併吞了。

他奶奶的，這樣一來，不就只剩下楊俊飛的偵探社了嗎？

想到這兒，我連忙打他的電話。常年暢通的專線，竟然打不通。隔了好久後，才轉入語音信箱。裡邊有一則隱秘的留言。

「快逃。別聯絡任何人。」那是楊俊飛的聲音，簡潔明瞭，沒有起伏。可是他的話越是平靜，越能想見，電話那頭的狀況，已經糟糕到了什麼程度。

「該死！」我一咬牙，接連不斷的打電話。自己能聯絡的人，全失聯了。無論是老女人林芷顏、妞妞、殭屍男齊陽還是黎諾依，他們的電話通通關機。沒有留下任何線索。

我無力地垂下手，手裡的電話緊緊握著。之後抬頭，死死地盯著鹿筱筱看：「那個鬼教，已經對楊俊飛他們出手了？妳明明知道，為什麼一直不告訴我？」

鹿筱筱沉默了一下，「我怕，你去救他們。」

「他們都是我的朋友，我當然會去救他們。」我瞪著她。

鹿筱筱一臉「我就知道你會這樣」，沒吭聲。

我拚命令自己冷靜了下來：「把妳知道的東西，通通告訴我。」

「我知道的也不多。父親死後，我因為他的保護活了下來。事實上陰教的人，根本就不在乎我的死活。他們更在乎陳老爺子骨頭的搜集進度，所以沒有追殺我。」鹿筱筱的聲線沒有感情，似乎只是在訴說最平淡的故事：「我利用父親殘餘的資源，努力地想要報仇，也盡我所能的提醒你。但我必須要很小心，否則暴露了身分，陰教一定不會放過我。」

「所以妳化名為M，從那艘迷失在長江水域的郵輪開始，就一直提醒我小心？」我瞇了瞇眼：「沒想到陰教從那個時候，就開始在我身上打算盤了。」

鹿筱筱搖搖頭：「不止那時候，陰教的謀劃很深，或許在更久之前就注意到你，甚至可能追溯到你出生的時候。不過現在陰教被鬼教合併，他們的陰險計畫，應該也被鬼教繼承了。」

說到這，她又看向游雨靈：「據我所知，妳父親就是被鬼教殺害的。」

游雨靈渾身僵直，本來還在聽戲似的表情，猙獰起來：「妳說什麼？」

「鬼門不是雅心搶走的，而是他們的死對頭鬼教。早在百年前，鬼教就佈下了天羅地網，一邊引誘你們游家人來自投羅網，消耗有生力量。也以此消耗原本封印在文采村的那個東西中的能量。鬼教想一箭雙鵰，既削弱了你們游家，最終徹底斷絕鬼門傳承，再將鬼門奪去。而被游家削弱的那東西，也能不費吹灰之力到手。真打了一手好算盤。」

鹿筱筱白皙的臉皮跳了跳。

「還真的是打了一手好算盤。」游雨靈牙關緊咬：「但是我明明回到了二十年前，救了父親。」

鹿筱筱冷笑：「對。妳也成功地削弱了那個東西的力量，讓王才發的屍體帶走了大部分的能量。鬼教門人只需要守株待兔，伏擊妳父親就好了。恐怕妳離開時，妳父親剩下的鬼門道符也不多了，對吧？」

游雨靈啞然，她明白了什麼，恨恨道：「鹿筱筱，難道當初離開文采村的時候，妳就知道鬼教會派人伏擊我父親？妳為什麼不告訴我？」

「會打草驚蛇。」鹿筱筱回答。

「老娘殺了妳！」遊雨靈一臉果然如此的表情，她厲喝一聲扔出手中的鬼門符，符在空中自燃，劃過一條火線就朝鹿筱筱飛去。

鹿筱筱不慌不忙地將手中的梨花鏢擲出，這些梨花鏢通體銀白，反射著金屬的光澤。和先前她拿出來的完全不同，一看就不像是普通貨色。游雨靈扔出八張紙符，鹿筱筱丟出八根飛鏢。

飛鏢力道十足，每一鏢都精準無誤地刺中了鬼門符。將符上的符膽刺破後，幽幽火焰頓時熄滅。但是梨花鏢去勢不減，仍舊朝游雨靈飛去，看情況明顯是想要將游雨靈射成刺蝟。

女道士驚呼一聲，猛地向後退了幾步，梨花鏢在空中碰撞，其中四根在空氣裡改變了路線，軌跡繼續向她襲來。鹿筱筱出手時就已經預測了她的後手，招招奪命，完全不給她活路。

說時遲那時快，游雨靈再次扔出幾張鬼門符。這才險之又險地將梨花鏢擋住。符咒和飛鏢碰撞在一起，落在地上，叮噹作響。女道士一腦門冷汗，如果自己反應慢了點，現在可能已經成了屍體。不遠處的鹿筱筱依舊面無表情，絲毫看不出剛剛是真的下了殺手。

這女人，實在太危險了。

「妳是真想殺了我？」游雨靈怒道。

「你們游家失去了鬼門，活在世上也只是浪費空氣而已，沒有價值。」鹿筱筱淡淡地說。

游雨靈更惱了，再次掏出一大把鬼門符，她將本來準備用來收拾王才發的老本都拿了出來：「哼，再來打過。看妳先殺了我，還是我先滅了妳。」

兩個性格不對盤的女性，正要繼續打成一片。我吼道：「夠了。妳們倆都夠了。給我住手。」

鹿筱筱很聽話，臉癱地將梨花鏢收了回去。我瞪著游雨靈，女道士也悻悻地將鬼門符塞回包包裡。兩人暫時偃旗息鼓。

我深呼吸幾口氣，「游雨靈，妳父親生死未卜，他消失了沒有回去，並不代表他就真的死了。至於妳，鹿筱筱，妳化名為M，救了我之後，為什麼將我送進衡小第三醫院？」

鹿筱筱低下頭：「你明明，也已經知道答案了。」

沒錯，我確實已經猜到了，就連鹿筱筱為什麼一而再再而三救我，甚至很聽我的話的原因，我也知道了。因為自己是她報仇的唯一希望。

我看向游雨靈：「二十年前，就算鬼教的人伏擊了妳父親，他們也不一定得手。原因就是，鬼教並沒有得到封印在文采村的東西。妳父親將它們藏了起來，但鬼使神差的，那東西卻不知為何在二十年後，出現在這家醫院中。」

我又看向鹿筱筱：「鹿筱筱，妳很清楚，所以才將重傷的我送進這家醫院來，對不對？妳到底還在計畫著什麼？」

鹿筱筱側過臉，轉移開眼神。顯然她覺得現在還不是將自己的計畫全盤托出的時候。

游雨靈反而因為我的話而升起了希望，「難道我父親真的還活著，只是為了我和母親的安全，所以才沒回去？既然他搶走的東西在這家醫院裡，說不定我父親也在醫院中藏匿著。」

我搖搖頭，沒那麼樂觀。

自從無法聯絡老男人楊俊飛一干人後，我一直無比擔心。滿腔怒火無處發洩，憋得快要瘋掉了。希望黎諾依沒事。否則哪怕鬼教勢力深厚恐怖，我也誓將它連根拔起。

「出去吧。這家醫院，應該沒有鬼教的人。我們去將王才發處理了，把那東西弄到手。」我揮揮手，準備先出去。躲在這間廢棄的太平間中沒有任何意義。既然鬼教謀劃了百年，那就證明藏在醫院的東西，恐怕也和陳老爺子的屍骨有關聯。

我們三人各懷心事，順著破舊太平間的後門，來到了醫院一樓。

第二章 古物迷蹤

一樓也沒有任何人，綜合大廳空空蕩蕩的，乾淨的椅子，護士諮詢處上的傳單整齊劃一，就連收費處的移動欄杆也沒有絲毫亂掉的痕跡。

似乎大家都走得很從容，沒有引起慌亂。衡小第三醫院裡不久前到底發生了什麼事？死後百年屍體不腐的王才發如果真的順著隧道來到醫院中，應該會引起極大的混亂才對。饑渴了百年的古屍，一定會逮著人就咬。

可醫院中的醫生護士以及病人，全都不見了。他們都去哪了？是誰將他們撤走的？如果真的有鬼教的人潛伏在醫院中，以他們的秉性和為達目的不擇手段的殘忍做事方法，絕對不可能提前通知院方這裡會出現危險。

那麼就只有兩個可能。一，鬼教出於某種目的，疏散了醫院所有人。整個醫院，已經變成了大型陰謀的絞肉場。我們便是餌料。

第二，有什麼人提前預知了衡小第三醫院將會發生大型慘案，王才發會把醫院中所有人殺光。所以用手段將整間醫院的人撤走。

我很疑惑，越想越覺得心裡發悸，不舒服得很。

「有一個問題，殺掉男主播的究竟是誰？」游雨靈也挺疑惑，她看著周圍的異常景象，少有的陷入沉思中：「他死在三樓死角，殺他的傢伙應該順著樓梯進入了舊太平間。但太平間的後門，並沒有打開過的跡象。」

確實，太平間就兩個門。從安寧所通往太平間的入口最近還有打開過的痕跡，但是我們剛剛離開的出口，棄置許久。要開都費了好一番力氣。殺男主播喝光他的血的傢伙，既然沒有從出口離開，到底去了哪裡？他不可能還躲在太平間中，畢竟我走之前還將不大的太平間搜過一次，一無所獲。

男主播也不可能是那些鬼影殺死的，鬼影確實會讓人死亡，屍體變得如同殭屍。卻不會在屍體上留下傷痕，更不會吸走人血。

我想了想，推測道：「也許殺掉男主播的，和躲在306號房裡窺視著我們的人，是同一個。他在看到殭屍化的王才發從隧道出來後，引導它離開時，卻被王才發攻擊。中了屍毒的他也同樣成了行屍走肉，這才會咬了落單的男主播。最後順著樓梯跑進太平間。」

可仍舊有一些事情說不通，被王才發咬了的人類，還能保有理智嗎？畢竟那人會逃，就證明他還能思考。最重要的是，不久前把太平間的入口門從裡到外推開的，又是誰？那個潛伏者的同夥？

整間醫院，疑點重重，遍佈迷霧。我看著空蕩蕩的大廳，一時間迷茫起來。楊俊飛的偵探社受到襲擊已經是板上釘釘的事實了。自己不可能再得到他們的援助。之前在男主播直播時，我曾經說出一個電話號碼，也不知道那個號碼的主人，會不會也受到牽連。

鬼教的陰謀之深，獠牙之鋒利，打得我措手不及。

希望自己佈下的最後保險，能起效果吧。

我深深嘆了口氣，望向鹿筱筱：「妳之所以將我送到衡小第三醫院，肯定有所準備。把妳知道的，都說說吧。為什麼妳要選這家醫院？」

「因為這家醫院是我能想到的，鬼教最有可能不會入侵的地方。」鹿筱筱輕聲道。

「為什麼？既然那東西在醫院裡，而鬼教又最想得到它。理應早就派人來蹲守了。那個在306病房躲著一直窺視著我們一舉一動的傢伙。還有殺了男主播的傢伙。那些人很有可能都是鬼教早先派來的人。」我奇怪道。

「鬼教真的不會入侵這兒。」鹿筱筱搖頭：「原因就是那東西在這醫院。」

我眉頭一皺，想到了什麼：「難道鬼教也懼怕那東西，所以才會利用游家來削弱那物品的能量。醫院裡隱藏的神秘物品，更或許是鬼教的剋星？」

「對，鬼教的力量來源本就有可能出自陳老爺子的骨頭。而曾經封印在文采村的這東西，和九竅玉盒的作用類似。對陳老爺子骨頭中蘊藏的力量有隔絕作用，鬼教一靠近，他們就會變為普通人。所以鬼教就算派人過來，頂多也派些普通人罷了。對我們的威脅不大。」

我明白了，「鬼教的人就在醫院附近躲藏著。他們在等機會。」

「是的。他們謀劃百年，搜集陳老爺子的骨頭。甚至費盡心思培養出王才發這樣的怨氣熏天的怪物，就是希望王才發能倚靠本能吞食那樣東西。將那東西的能量隔絕到最小，畢竟那東西控制陳老爺子骨頭的效果無可替代，比九竅玉盒更加強大。他們不可能放過。」

「原來王才發是鬼教養出來的。難怪我就覺得古怪得很，明明一個百年前的荒野村夫，哪怕死的確實有些淒慘，可怎麼就突然變得那麼凶厲了。」我臉色沉了下去：「既然如此。所以說我們更有必要除掉王才發。將那東西搶到手。」

「得手之後，才是最終極的挑戰。保住那東西，保住性命，順利逃出去。」

嘆了口氣，我深深感覺困難重重。自己對鬼教幾乎一無所知，完全沒有應對的方法。只靠我們三個殘兵敗將，真的能活著帶那東西逃走嗎？

黎諾依生死未卜，老男人楊俊飛一干人蹤跡全無。守護女李夢月也失蹤了許久。簡直是山窮水盡的卦象啊。

一切都要靠自己了。

「對那物品，妳有沒有線索？」我問。

鹿筱筱搖頭，「我透過爸爸殘存的勢力，挖掘過很多次。但是一無所獲。只知道鬼教密謀著要得到這玩意，也從線人那裡得知，一個多月前，那東西被兩個人偶然得到後，帶進了這家醫院。」

「是誰得到了那東西？」說到這，我回憶起了鹿筱筱之前給我的一份資料。是關於306病房的病人的。一個多月前，這家衡小第三醫院並沒有什麼異常。治癒數和死亡數也都正常。怪事是從一個叫做趙啟明的人，住進安寧中心的306房開始的，「難道將東西帶到醫院的，是趙啟明？」

「我猜就是他。」鹿筱筱為難道：「可是他死後，我找遍了他全部的行李，並沒有找到可疑的東西。」

「或許是他藏起來了。」我斬釘截鐵地說：「趙啟明的詳細檔案在哪兒？」

「在檔案室。」

「找怪物王才發先緩緩，咱們去檔案室看看趙啟明的病歷。」我下了決定。畢竟王才發應該會順著本能去找那東西，可那東西被趙啟明藏在哪裡，根本沒人知道。王才發在偌大的醫院裡沒有蹤影，同樣也很難找到。現在唯一的希望是透過趙啟明留下的蛛絲馬跡，尋找東西被他藏在何處。

找到了東西，也就找到了王才發。但是速度必須快，等王才發吞噬了那玩意，鬼教的人一定會衝進來。到時候就全完了。

我們一行三人以最快的速度衝到位於六樓的檔案室，找出了趙啟明的病歷。全部看完後，大家都陷入了沉默中。

鹿筱筱雖然以前也看過他的病歷，但是和游雨靈一樣，並沒有看出個所以然來。但我不同，我從病歷中嗅出了不同來。自己一邊仔細讀著病例上一長串的資料和醫學專用詞彙，一邊讓鹿筱筱講述她這麼久以來，打聽到的關於趙啟明的所有資料。

鹿筱筱老早就鎖定了趙啟明，所以對他的事情事無巨細，調查得很清楚。

趙啟明確實是在一個半月前送入衡小第三醫院的。有趣的是，當初這個不算老的男人還是安寧中心的醫護人員。但是在兩個多月前突然發了一筆橫財，辭職了。

這筆橫財從哪來的？據跟他關係比較好的一位護士長提及，說是憑著自己長久以來的愛好，清清白白賺來的。

說到趙啟明的愛好，鹿筱筱也仔細調查了。他平時會當一名磁鐵佬。所謂的磁鐵佬，就是用強力磁鐵繫上繩子，丟進比較有歷史的古河道中，當磁鐵吸附河道上的鐵質物體時，就釣魚似的將繩子收回來，如果釣上了古物，就能賺一筆。再不濟，廢鐵也能賣錢嘛。

這愛好挺好。不像在公共場合唱歌跳舞擾民，安安靜靜的，也不會危害社會。

我摸著下巴：「既然他說橫財是因為自己的愛好得來的，難不成趙啟明是從某條河道裡將那東西給吊了上來？」

「八成是。我調查過，他接近兩個月前就特意問過醫院裡許多老人，關於百多年前春城西郊悍匪的事情。應該是那群悍匪，拿走了王才發棺材裡的古物。讓鬼教的陰謀險些失敗。」鹿筱筱說。

我沉思道：「那群悍匪的故事傳說，我也有所耳聞。還寫入好幾個村莊的村誌中，據說他們無惡不作，可最終不知道得罪了誰，一夜之間數千人全死光。還說臨死前悍匪首領把搶來的金銀財寶全藏了起來，如果有人勘破首領留下的謎語，就能得到寶藏，一夜暴富。」

說到這我吸了口氣：「難不成，消滅悍匪的就是鬼教，但是鬼教卻沒有從悍匪手中將那古物取回來。不，他們應該是故意不取回來的。他們在等機會。難道趙啟明真找到了悍匪藏寶藏的地方？」

「不對。」我緩緩搖頭：「悍匪橫行霸道幾十年，積累的財物絕對不菲。趙啟明如果真的將悍匪的寶藏全找出來了，那筆橫財就大了。他的行為，不太對。」

「我也這麼認為。」鹿筱筱說：「我認為他只找到了一小部分，但是那部分卻鬼使神差的包含了那件古物。據我調查，當時和趙啟明一起去的人，還有一個叫汪磊的男子。汪磊一家四口，也死光了。比趙啟明死得還早。」

「那家人一起從二十幾樓跳下來，原因成謎。汪磊一些鄰居說汪磊最近出手闊綽，還另外買了一間寬敞的新房，不久後就要搬家。根本沒有自殺的理由。跳樓那晚，樓下鄰居聽到汪磊家鬧鬧嚷嚷的，不像是吵架，反而像是一家人在樓上不斷蹦蹦跳跳。鄰居敲門抗議，看到汪磊精神有些不正常。彷彿鬼附身了似的。他和他的妻子、孩子，都站在門口，衝著鄰居陰側側的笑。」

「鄰居被他們笑得毛骨悚然，硬氣的話還沒說出口。汪磊一家四口已經在他眼皮子底下，齊齊朝陽台走去，然後跳樓了。」

鹿筱筱的形容，讓我想到了那些會硬生生侵入人體，控制人類的肌肉和呼吸系統，讓其死亡後再控制屍體的那些黑影。難道一開始那令鬼教垂涎的超自然物體，被汪磊得去了？可怎麼那東西，最後又落在了趙啟明手中？是趙啟明偷走了汪磊的遺物？

「怪了。」我再次皺眉：「無論那古物是汪磊拿了，還是趙啟明得了。普通人找到文物、古董或者金銀珠寶後，肯定會想辦法變賣。可是這兩人得到了那擁有超自然力量的東西後，為什麼還沒賣掉，反而留了下來呢？」

鹿筱筱沉默了一下，她同樣沒想通。

一直在旁邊發呆的游雨靈突然來了這麼一句：「除非，那東西乍看之下很普通，並不容易賣掉。但是趙啟明覺得它應該很值錢，所以想方法設法偷回來了。」

我的雙眼頓時就亮了：「游雨靈，妳很不錯，還是有聰明的時候嘛。」

游雨靈白了我一眼，「我在你心目中到底是有多笨啊！」

我用手摸了摸鼻翼，思緒因為她那句話豁然開朗：「我或許知道，那東西在哪裡了！」

「真的！」鹿筱筱驚喜道。

「妳想想，為什麼只有妳和我能看到那些黑影？游雨靈的鬼門道法那麼厲害，卻看不見？哪怕是借助明目咒，也不過能看到有黑影的位置，還是扭曲的能量場而已。」

鹿筱筱也思考著，「對啊，我早覺得奇怪了。到底是為什麼？」

「因為，那東西，妳和我都在不經意間接觸過。受到它的影響，所以我們才能看到古物製造出來的黑影。」

「我不覺得我看到過它，卻沒有注意。」鹿筱筱不信。

「所以我才認同游雨靈說的話，它實在是太普通了。所以哪怕我們看過它，也完全沒有意識到它就是我們一直在尋找的超自然物品。」我撇撇嘴，腦海中不斷思索那東西到底是什麼。

這東西普通至極，很難在腦海中形成印象。在這物慾橫流的世界中，哪怕只是待在醫院，普通的物品也會碰到很多。但是那東西，必須要滿足幾個條件。

既然鹿筱筱和我都接觸過，而且唯獨只有我們接觸過。所以它肯定是在鹿筱筱裝成文儀照顧我時，單獨拿給我看的。

要滿足第一個條件。那就只能是文儀故意給我看那東西，為什麼她要這麼做？或許是她想要贏得我的信任，免得我懷疑她的身分和自己的故事。

所以，那東西，應該是鹿筱筱有意無意展露自己的身世背景時，被我不小心摸到了。答案，呼之欲出。

「快去我病房！」我想了起來，擺動拐杖讓她們跟著我朝隔壁大樓的四樓跑。

「你猜到那件古物到底是什麼了？」鹿筱筱急促地問。

我點頭：「大概猜到了一些。鹿筱筱，妳還記得自己喬裝設計的身分嗎？」

「當然。」鹿筱筱有些尷尬：「我裝成一直在深山中修煉，這家醫院安寧中心護士長的女兒。因為母親橫死，我不甘心，所以潛入醫院調查母親死因。」

「問題就出在這個身分上。妳為了讓自己的喬裝更真實，所以偷了醫院送回給護士長真正家屬的遺物，對吧？」我問：「因為妳知道，如果不假戲真做，沒有點東西，我早晚會識破妳的偽裝。」

鹿筱筱啞然，最後還是不好意思地點了點頭：「對。本來想用錢買的。可是她女兒怎麼都不肯賣。只能偷了。當然，當然我還是留了一大筆錢。不算真正的偷。」

「偷就偷吧，妳運氣很好。把那件古物，也一併偷走了。」我嘆口氣，真是陰錯陽差，一直遍尋不著的東西，其實一直都在我們身邊，「我猜趙啟明和汪磊將磁鐵吸上來的悍匪寶藏賣了絕大一部分，而出於某種原因，趙啟明將汪磊死後留下的古物偷了回來。一直帶在身旁，甚至因為病危住進了安寧中心後，也帶著那古物。然後將它藏在306病房的某個安全的地方。」

我一邊走一邊用手敲了敲手裡趙啟明的病歷，「病歷上說他可能在短時間內暴露在持續的高輻射中，造成身體不可逆的惡性癌變。現有醫學是不可能治好了。到安寧中心順理成章，就是去等死的。我認為，那所謂高輻射，就是古物造成的。」

「趙啟明也明白。所以他一直在自救，因為趙啟明知道靠醫學根本沒用。他大約在臨死前很久，甚至遠在汪磊跳樓後就猜到了，自己釣起的悍匪寶藏中混了些不好的東西。他應該認為那是一種詛咒，猶如法老王的死亡詛咒一樣。」

我推測道：「所以趙啟明才會去偷汪磊的遺物。他將古物偷回來，日夜研究。想要找出解除詛咒的方法。趙啟明之所以會認為這是詛咒，很簡單。透過解除古物，他也能逐漸看到黑影，而且越來越清晰，清晰到可以向他索命，拚命想要擠入他身體的黑影，讓趙啟明害怕得快要瘋了。」

趙啟明確實嚇得已經要瘋掉了。但研究那件古物卻一無所獲。他也不敢扔掉，因為一旦扔了那該死的東西，誰知道會不會是丟掉了救命的最後一根稻草。甚至住進安寧中心，也是他自救的一種方法。安寧中心全是古稀老人，人生經歷豐富。他不斷將那東西給上了年紀的病人看，就是希望能僥倖找到認識這東西的老人。

可是直到死亡，趙啟明也沒有找到救自己的方法。但他拿著古物到處給別人看的行為，卻為安寧中心甚至整個醫院都造成了非常大的隱患。古物恐怖的力量順著他的行動軌跡蔓延，所有看過古物的老人，開始被鬼影纏繞。所有和古物接觸過的建築物，依據接觸的次數不同，產生了各有強弱的負能量變化。

醫院的醫護人員之所以沒有被鬼影纏繞，是因為趙啟明壓根沒有把那古物給醫生護士看過。但是管理層甚至醫生護士，卻感覺到了醫院開始變得不同、變得可怕。病人一個個離奇死亡，有些醫院設施也詭異恐怖起來。

最後，院方在太陽落山時，將那些高危險的醫院設施貼上紅紙標記，不准人進去。而最可怕的306室，乾脆鎖起來。

趙啟明連帶那個古物，都被封在了306室中。帶著他不甘的怨氣，靜靜等待下一個主人。直到護士長帶著小護士鄭秀一起進了306室後，困死在了裡邊。護士長找到了那件古物，將其戴在身上。而死後，也成了被鄭秀吃成白骨的護士長的遺物之一，交給了護士長的直系親屬。

最後，那古物又被喬裝成護士長女兒的鹿筱筱一併偷走了。

第三章 恐怖的鞋

「所以，那古物到底在哪兒？」被我提醒後的鹿筱筱，腦子轉了好幾圈，還是沒有想出自己心心念念很久的東西，到底是什麼樣子。護士長的遺物有一個大包，和好幾件小東西。細分下來，有破損的帶血衣物、手機、一個可以揣進護士服小口袋裡的小錢包。而小錢包中還有些零錢、卡等細碎物品。

沒有一件令她覺得可疑。

「妳還記得那個錢包嗎？」我問。

「記得，當時我怕被你識破，所以一開始就潛移默化地強化你的印象。所以常常會有意無意地在你面前用那個從護士長遺物中得到的小錢包，還說這是母親留給我的。」鹿筱筱並不覺得這錢包有問題：「可是那錢包非常普通，絕對不可能是古物。可能就是不久前，在某個十元店買來的。」

「但是妳不覺得那錢包，比較重嗎？明明只是兩層薄毛線織成的錢包而已，頂多兩個夾層。卻重得出奇。」我現在想來，那錢包確實有問題。

回憶了片刻，鹿筱筱也覺得有些古怪。確實，那普通的錢包，倒真的挺重的，「可那錢包，真的很普通啊。夾層裡，我也不記得有別的稀罕物。」

「妳不是經常將它帶在身上，對吧。除了故意露出來給我看的時候。」鹿筱筱裝護士照顧我時，曾經在我眼皮子底下拿出，讓我看過好幾次。除此之外，應該就把錢包仍在護士值班室了，但是有一次例外：「在我看到鬼影的前一天，妳失手將錢包掉在了地上。拿起來之後，有沒有覺得錢包起了變化？」

鹿筱筱猛地「啊」了一聲，輕輕捂住自己的嘴：「聽你這麼一說，好像，錢包變輕了。」

「應該就是那時候，錢包裡的古物掉到了404室的地上。」我摸著下巴：「而且當天晚上，我應該是和古物有直接的接觸。於是第二天一早，就見到了鬼影。」

我挖空心思地思考著，那晚自己究竟從地上撿起過什麼。按理說剛重傷清醒的我，躺在床上不方便起床，腿腳又不便的情況下，怎麼可能傻得爬下床去撿地面的東西？退一萬步，我真的撿起了它，那麼那古物肯定已經引起了我的注意，自己沒有理由對它完全沒有印象才對。

可自己，偏偏什麼都記不起來。明明是威力強大的超自然物件，怎麼就普通到讓我冒著再次受傷的危險將它撿起來，卻又轉頭就把它遺忘了呢？除非，這物件不只含有空間與時間的能量，還帶著精神力？

自己越發的對那古物充滿好奇，自己收集過許許多多的超自然物件，沒有任何一件可以和它比擬的。如果這古物真的和陳老爺子的骨頭有關，那麼也一定是最關鍵的一環。說不定，藉著這古物，甚至還能稍微窺探陳老爺子被分屍、每一塊骨頭都蘊含著驚人恐怖力量的原因。

難怪，鬼教會不惜一切代價，謀劃數百年，就為了得到它。

根據現有的線索，哪怕我還不清楚那古物的全貌。可它既然能被放在小錢包中還不會引起別人的注意，就表明它並不大。單獨看到它的時候，甚至還會引起你的好奇。所以我才會艱難地將它從地上撿起來，和它有了直接接觸。最後被它的力量影響。

答案，並不遠，全都藏在了 404 號房中。

我們三人衝入了住院部。醫院不知何時停電了，還好天空一片大亮。陰暗的陽光從每一扇敞開的門，每一扇窗戶射入。

「停。」順著樓梯爬到三樓時，游雨靈猛地捏了捏拳頭，喊了聲停。她蹲下身，臉色凝重的用手指在地上刮了一下，放到瓊鼻前聞了聞。

眉頭一皺：「不對勁。」

「什麼情況？」女道士雖然是個路癡，思考邏輯還經常很詭異，可作為道士的本職工作還是值得信賴的。她說有問題，情況就讓人擔憂了。

「有腳印。」她吐出三個字。

鹿筱筱和她不對盤，哼了一聲：「這裡亂糟糟的，有腳印很正常。」

「但是這個腳印不一樣。」游雨靈疑惑道：「不是人類能踩出來的。」

「是王才發？」我問。

「有可能。」游雨靈點頭：「腳印上明顯還殘留著屍氣。」

「走，去看看。」我皺眉，也覺得有些古怪。如果如我的猜測，那古物應該留在404房中。雖然我將它撿了起來，但是放哪兒，這就記不得了。但能肯定的是，我絕對沒有帶出去過。

而王才發被鬼教故意製造出來，最終目的就是為了吃掉古物，令古物的能量削弱到鬼教成員能夠利用和接觸。它才走到三樓而已，怎麼就不往上走了？難道這之間還有什麼變故，令王才發暫時捨棄了古物。是什麼東西，比古物對它還有吸引力？

無論如何，情況都不太妙。

我們跟著游雨靈口中的腳印走，只有她才能在地面髒亂的各種足跡中，尋找到那充滿死氣的腳印。三樓是重症住院部，同樣一個人也沒有。深邃的走廊在不太冷的陽光下，顯得十分陰森。

沒有人的醫院，有時候比墳場更加可怕。走了大約一分鐘，當我們三人來到走廊中段時，同時停下了腳步。

空無一物的走廊上，不知何時出現了一雙鞋。一雙破舊的布鞋，上邊還沾著黃土。黃土很乾，很硬，像是許久之前踩進泥坑，卻沒有清洗。在這潔白的醫院走廊，布鞋不偏不倚地被整齊的放在最中間，就如同這是一條不可逾越的界線。

一旦走過去，就是不歸路。

「這雙鞋哪來的？」鹿筱筱盯著鞋，猶豫道：「看著讓人很不舒服。」

布鞋的鞋尖正對著我們三人，確實令人有一股心悸的感覺。我轉頭看了游雨靈一眼：「這雙鞋是王才發的？」

游雨靈搖頭：「絕對不可能。王才發在陽穴裡埋了上百年，除了他自個兒的屍體外，全身上下所有的衣物都變成了碎塊。鞋子被水浸泡，早就化成破布了。那傢伙從棺材裡跳出來的時候，赤裸裸的，連那個東西都吊在外面一搖一晃呢。」

說到這女道士就很不忿，她多清純一個人啊，這輩子活了二十多歲除了和為數不多的好友抱著獵奇心看過島國某動作片外，現實中見到的第一個雄性特徵，居然是屍變的殭屍上的。太倒楣了。

「呵呵。」鹿筱筱捂嘴譏諷地笑起來：「不甘心吧。小心眼睛長針眼喔。」

「妳才眼睛長針眼咧。」游雨靈撇撇嘴：「說的好像妳見過那東西一樣。」

這句話明顯刺痛了鹿筱筱的心，她漲紅臉，哼哼道：「誰說我沒見到過？」

「妳真見過？可以啊，我都要對妳刮目相看了。」游雨靈大驚，她覺得自己被諷刺了也活該，自己落後時代了：「妳見過誰的？不會是夜不語的吧。」

「怎麼可能。」鹿筱筱臉越發地紅起來：「看過我爸的，妳該不會小時候都沒和妳老爸洗過澡吧。」

游雨靈氣得險些將自己手中的鬼門符扔過去，看老爸的也算？難不成這傢伙有父控情結。

「好了，妳們鬧夠了沒有？」我一人一個爆棗丟在她倆腦袋上，自己很無力，這兩人就像是天生的冤家，性格相反不說，而且老是會產生不良化學反應。特別是鹿筱筱，她單獨待在我身旁時還挺聽話。人多了就不好管理了。難道是親眼看到父親死亡，接近百年的基業被摧毀，一個人在危險的邊緣小心翼翼地摸索求生，甚至努力想要報仇，將她整個人都改變了？

「既然鞋子沒問題，咱們繼續往前走。」

兩個女孩被我打痛了，紛紛捂著腦袋眼淚汪汪地跟我一起越過那雙布鞋，朝走廊深處前進。

沒走幾步，自己突然感覺從後邊傳來了一股窺視感。我猛地回頭，頓時眼睛都直了。

那雙布鞋，那雙明明已經距離我們身後至少有十幾公尺遠的布鞋，竟然調轉了位置。我們分明已經越過它，到了它的鞋後跟方向。可當我再次看到它時，鞋尖掉了頭，又一次對準了我們。

「誰！」我想到了那股窺視感，難道是有人故意將鞋換了方向，又躲起來？

我的吼聲迴盪在深深的走廊上，遠遠傳播開，卻始終沒有任何人回應。走廊兩側的病房門全都開著，自己一路過來時為了不被突然衝出來的王才發襲擊，都走得小心翼翼，每一間病房都看清楚了才穿過去。病房裡就算有躲著人，他至少也要躲在很隱秘很深的地方，在那種地方跑出來，再到走廊上將鞋掉頭，我這個戰鬥力渣的暫且不提，游雨靈和鹿筱筱不可能完全察覺不到。

除非，這雙鞋真的是自己換了方向。

「妳仔細看清楚，這真的是一雙普通的鞋？」我將游雨靈拉過來，示意她看清楚。

游雨靈慎重地捏破一張明目符，眼中火焰閃過後認認真真地看了那雙鞋接近一分鐘，最後緩緩搖頭：「這就是一雙普通的鞋，我看不出哪裡有問題。」

「行，我們繼續走。小心點，我總覺得哪裡不太妙。這家醫院，越發怪了。」我擺擺手，帶著兩女又一次往前走。三個人的腳步，交會著響起。

劈劈啪啪，劈劈啪啪。

「停！」我大喊一聲，三人第三次停住了腳步。我腦門上的冷汗不停往外流：「妳們有沒有聽到腳步聲？」

「有啊，我們不是一直在走路嗎。走路肯定會發出聲音，而且我旁邊那個妖豔女人還穿皮鞋呢，走路老響了。」游雨靈斜著眼看向鹿筱筱的鞋。

鹿筱筱怒道：「這是醫院的規定，妳以為我想啊。」

「我沒有問妳們自己發出來的腳步聲。」我的喉嚨因為緊張而沙啞了：「妳們沒聽出來嗎？我們明明只有三個人，卻有四個腳步聲在響。」

背後，有人！

一股毛骨悚然竄上了我們三人的後背，說時遲那時快，鹿筱筱飛一般的轉身，看也不看，手裡的梨花鏢已經朝後射出了一陣金屬幕牆，數不清的飛鏢鋪天蓋地，可見她的手速和驚恐程度完全對等了。

而游雨靈也不慢，手裡幾張鬼門符飛出，在空中無火自燃，飄向了身後化為幾顆極大的火球，力求覆蓋最大的面積。

飛鏢和鬼門符最終都落空了，什麼也沒有攻擊到。

我轉過身，終於也看清了那第四個腳步聲，到底是誰發出來的了。是鞋子，該死，還是那雙骯髒的舊布鞋。

原本離我們足足有二十公尺遠的布鞋，竟然走到了我們三人的身後不到二十公分的位置。如果真有人穿著這雙鞋的話，恐怕已經和我一前一後快緊貼在一起了。

我嚇出一身冷汗，連忙往後退了好幾步。

這鞋太邪了，到底是什麼玩意兒？誰留下來的？為什麼它自個兒會動，還跟蹤我們？一連串的疑問閃過腦海，我沒有答案。

鹿筱筱很崩潰：「游雨靈，妳他媽的說這是一雙普通的鞋。妳家的鞋子會自己走動啊。」

游雨靈無辜道：「在我眼裡，它就是一雙普通鞋子啊。」

「好了，不要吵了。我來解決。」我用手指鑽了鑽耳朵孔，這兩傢伙實在太聒噪了。看著身後的布鞋，我小心翼翼地用拐杖將它挑起來，扔進右側敞開的病房中。一雙鞋子在空中劃出一條不優美的曲線，一前一後落入了病床內側。

將病房門關牢後，我們這才繼續往前走。走廊的盡頭在接近，幾步之後，我們三人同時心裡不踏實地轉過頭。

這一次鞋子沒有再出現。大家都鬆了口氣，順著那帶著屍氣的腳印一行三人終於來到了走廊最末端。就在白色的牆壁前，腳印消失了。

「就在這兒消失的，怪了，難不成王才發憑空蒸發了？」游雨靈「咦」了一聲，將附近全都查了個遍，卻沒能發現任何相同的腳印。

我站在原地，注視著周圍，問：「那些腳印，妳能讓我們也看見嗎？」

「能。等等。」游雨靈點頭後，找了一瓶礦泉水，擰開蓋子把一張鬼門符放進去。隔了幾秒鐘，她仰頭喝了滿滿一口水，接著「噗」的一聲噴在空中。

水霧落地，紛紛揚揚，最後神奇的往地面上的幾個位置匯攏。不多時一個個密密麻麻的小水粒形成的腳印出現在了方圓幾公尺範圍內。

「這泡過鬼門符的水，會自動依附在有屍氣的地方。」游雨靈得意道。

鹿筱筱氣不打一處來：「有這麼方便的好東西，怎麼不早點拿出來。害我們瞎子似的跟妳亂走一通。」

游雨靈尷尬地用笑掩飾，她這人直腸子一根筋，根本就沒想過要這麼做。

我一眨不眨地看著地上的腳印，皺眉：「不對啊，游雨靈，妳不是說王才發腳上沒鞋子嗎？」

「是啊。」

「可這腳印，分明是穿了鞋子的。」

「啊——」游雨靈捂嘴，笑得更尷尬了：「我用鼻子聞的，當然察覺不到到底光腳還是穿鞋啦。呵呵呵，抱歉抱歉。」

「傻子。」鹿筱筱頓時感覺自己佔據了道德制高點，用鼻孔噴氣的方式噴出了這兩個字。氣得游雨靈捏緊了小拳頭。

這充滿屍氣的腳印既然穿著鞋，肯定就不會是王才發的。但為什麼游雨靈會認錯？除非，它們之間有什麼共同點。

我來到腳印消失的潔白牆壁前，這面牆實在是太白了，腳印正前方的其中一塊位置特別白得出奇。和別的地方有色差。應該是最近才粉刷過。我用手摸了摸，再敲了敲。然後抬起拐杖使勁兒地磕了過去。

一磕，金屬拐杖頭就稍微陷入了牆內。我們三人同時一驚。

「這面牆用石膏板塗過。」鹿筱筱摸著說。

游雨靈眼裡冒星星：「簡直就是在玩推理劇。消失的腳印，後面有東西的牆。還有不是王才發卻和王才發有同樣氣息的另一隻死屍。」

「妳們倆別囉唆了，過來砸牆。」我沒好氣地瞪她們。

兩個女孩連忙吐了吐舌頭，從附近找來趁手的硬物打砸走廊盡頭的那面可疑的牆壁。石膏板很軟，不多會兒就砸開了一個大口子。露出了內部黑漆漆的空間。

我打開手機的手電筒從豁口處探頭看，剛看清楚裡邊的景象，頓時嚇得臉色大變，豁然先後退。

「裡邊有什麼？」見我居然被嚇到了，游雨靈和鹿筱筱爭著湊到豁口前，兩雙大眼睛朝裡看了幾眼，一樣俏臉發白。

只見石膏板的破口中藏著一扇泛黃的門，這扇門看起來有很久的歷史了。最驚悚的是，門上貼了足足五張紅色的紙。

紅紙不知在門上貼了多少年，因為空氣裡濕度經年變化的緣故，鮮紅的顏色已經褪去，就連邊緣也開始捲曲。但是我們三人都清楚貼在門上的紅紙在衡小第三醫院中代表什麼。那是超自然現象發生的強弱標示。

今早好不容易才逃出的安寧中心306室門口才貼了四張紅紙而已，這扇門上卻貼了五張之多。難道門內的房間，比306凶間更加可怖？我完全難以想像，曾經放著古物的306室已經夠兇險了，這間房中，還有什麼比它更駭人的？

無論如何，當看到這扇門時，我已經開始懷疑起衡小第三醫院的歷史。如果古物是一個多月前趙啟明從某條古河道釣起後，帶入醫院的。那麼這扇門上的紅紙又是怎麼回事？它們被貼上去，明顯已經十來年了。難不成醫院之前發生過類似的詭異遭遇？306號房死了那麼多護士，也只是用鐵鍊鎖起來。這扇門直接就廢棄，隱藏了。兇險可想而知。

「算了，走吧。」不想節外生枝的我，準備離開。

「不進去了？」鹿筱筱詫異道。她覺得現在的我不像當初的我那麼敢衝了。時間讓每個人都改變得面目全非，她從一個寡言之人朝著話癆和腹黑的方向變化，來掩飾自己現在的脆弱。我同樣也變了，好奇心沒那麼強了，學會取捨了。

而且，自己隱約記起來前不久還住在404房時，就作過關於貼著五張紅紙的門的夢。那應該是我接觸到古物的當晚。既然有一股神秘的力量操縱著讓我夢遊似的來到這扇門前，就證明那股力量，想要我進去。

對於未知的東西，小心謹慎最好。最不能遂它的意。否則不小心死了還不知道怎麼嗝屁的。這家醫院的水越來越深了，撲朔迷離到我一腦子的漿糊，怎麼攪都拎不清。但是有一點可以肯定，鬼教早就在這家醫院佈置了。說不定衡小第三醫院的實際控制人，就是鬼教門徒。

這扇貼了五張紅紙的門後，一定藏有什麼東西。那東西，和讓王才發變成殭屍，與被鹿筱筱當做護士長遺物偷來的古物有某種冥冥中的關聯。不過現在的當務之急，並不是橫生枝節去冒險。而是阻止王才發吞食古物，避免隱藏的鬼門教眾闖進來。

得到了掉在404病房的古物後，再進去找裡邊的東西才是最符合邏輯的順序。

自己帶著兩個女孩轉身準備順著走廊到四樓去。時間急迫，說不準王才發已經找到了古物。現在浪費的時間已經夠多了。

不過轉過頭的一瞬間，我們三人冒起了一身的雞皮疙瘩。剛剛分明被我扔進病房的那雙骯髒布鞋，竟然再一次悄無聲息地出現在了我們身後，布鞋靜靜擺放在走廊中央，和我只剩下不足半公尺距離。只要再耽擱幾秒鐘，恐怕它已經要和我鞋碰鞋了。

「小夜，它似乎很喜歡你。」游雨靈毛骨悚然。

「這種喜歡，我寧願不要。」這鞋誰的啊，如果是一雙漂亮小紅鞋，就算上邊滴著血我都還能接受。可這雙布鞋，看腳碼都知道絕對是某個老大爺的。一點都不可愛，甚至還看得讓人噁心。

「它似乎想讓我們進那扇門。」鹿筱筱說：「所以堵著走廊不讓我們離開。要不，乾脆我們一把火燒了它吧。」

「試試看。」我被這雙鞋弄得有些毛毛的。

「我來我來。這簡單。」游雨靈彷彿為了彌補自己的過失，連忙爭著捏碎一張鬼門符，一團火扔在了鞋子上。

鞋子被火焰吞噬，沒多久就焚燒殆盡。

「走，回四樓去。」看著布鞋在地板上殘留下的一圈黑印，我越過了它想要離開。就在這時，身後那扇被封鎖的，貼了足足五張紅紙的門突然發出了一聲撞擊聲。

冰冷寂靜的走廊中，那撞擊聲雖然不大，卻刺耳得很。聲音迴盪在走廊的每一個縫隙，讓人心驚肉跳。

我們三人同時回頭看了門一眼，臉上掩飾不住驚訝。那扇門中，果然封印著什麼，而且還是個活物。什麼活物能被封閉在門後空間幾年還活著？不用想都知道，絕對不是什麼好東西。

門在被撞擊後，沉默了一下。在我們的惶恐中，接著又被門內的東西重重地撞了一下。門前被敲開的石膏板「唰唰唰」的在往下掉白灰。門也不住的搖晃。之後門裡的活物如同徹底醒過來，一次又一次地朝外撞。上鎖的老舊木門眼看就要經受不住折騰，破開了。

恐怖的氣氛彌漫在走廊盡頭，我緊張地難以呼吸：「快走。離開這裡。」

「走不了了。」鹿筱筱搖搖頭，她的聲音在發抖：「小夜，你看我們身後。」

我回過頭看向來時的走廊，瞳孔猛地縮了一下。額頭上還沒乾的冷汗，又密密麻麻的冒了出來。只見背後的走廊，接近一百公尺長三公尺多寬的走廊上，無數雙一模一樣的布鞋出現在了地板上。每一雙鞋，都那麼骯髒破舊，和我們不到一分鐘前燒掉的布鞋完全相同。

「他媽的，這算什麼事？」我苦笑，視線中那數不清的布鞋，像是在嘲笑我們。它們的鞋尖都對準了我們的所在處，散發著刺骨的寒意。

那扇貼了五張紅紙的門，被撞得砰砰作響，表面已經出現了裂紋。我深吸一口氣：

「咱們跨過鞋子逃走。」

「來不及了。」游雨靈和鹿筱筱兩女同時嬌喝一聲。她們一人手裡抓著滿滿一把鬼門符，一人指縫間夾著梨花鏢。神情凝重地看著那扇門。

門發出慘痛的叫聲後，硬生生被撞成碎塊，徹底倒塌下去。

第四章 量子漲落

我瞇著眼睛，死死地看著門後，想看清楚到底有什麼。但是在門塌下去後，整條走廊就再次陷入了死寂中。無聲的靜掩蓋了一切，因為門倒下而騰起的灰塵在靜悄悄的陽光中飛舞，如同無數的精靈在躍動，之後落地。

視線沒有灰塵阻隔後，順著敞開的門，我只看到了一個完全沒有光的空間。門後黑漆漆的，就連陽光折射後刺入的光線，也沒進入多遠，就戛然而止，徹底如火焰般詭異地掐滅了。

我揉了揉眼睛，皺著眉頭。陽光進入房間不足一公尺，當然就這一公尺的距離，也足以得到很多資訊。

那應該是一個特殊的房間，沒有窗戶，地面被塗抹成了鮮豔的紅色。門內不斷地翻騰出讓人作嘔的奇怪味道。而撞破門的活物，久久沒有露出身形。

難道，它在害怕我們三人？

不，不對。很快我就打消了這個想法。因為身後本來還正對著我們的那些數量無法計算的布鞋的鞋尖，不知何時已經移動了。鞋尖通向右側轉向十五度，每一隻鞋，都指著那個位置。彷彿那面牆後，隱藏著什麼。

「要出來了。」游雨靈厲喝道，一張鬼門符扔了過去。黃色的符咒輕巧地在空中燃燒起來，貼在了那面牆壁的正中央。

符咒一邊燃燒，一邊頑固地朝牆內擠入。整面牆都肉眼可見地產生了一股擾動，那是巨大的熱量擴散後空氣出現的折射效應。

牆後傳來了一聲痛苦的嘶吼，那面牆壁被什麼東西拍的寸寸斷裂，大量的牆磚被拋飛，如子彈似的朝我們襲來。

「奶奶的，躲啊！」我連忙朝最近的一個病房裡逃，被鹿筱筱一把抓了回來。

「躲什麼躲，我保護你。」說著她手一揚，指縫間泛著金屬光澤的梅花鏢已經換成了金色的。那些金色飛鏢看起來非常沉重，扔出去時發出「嗖嗖」破空聲。

金色飛鏢被她扔得密不透風，每一隻鏢都牢牢刺中即將襲擊我們的飛石。牆磚碎塊上的動能被飛鏢抵消，紛紛落地。

「這都行。」我看得目瞪口呆，不由得更覺得奇怪了，鹿筱筱身上的護士服只有一個放手機的小口袋。她平時把那麼多飛鏢都藏哪裡了？這些飛鏢顏色不同似乎就有不同的功能，難道也是一種超自然物件？

目不暇給中，兩女一前一後將我夾在中間。飛起的牆磚沉寂，房間中隱藏的活物，終於露出了身形。

我們三人定睛一看，紛紛露出難以置信的表情。那是一個傴僂的身影。大約只有一百四十公分高，脊背向前彎曲得厲害，是個男性。男子的皮膚皺巴巴的，身上長了一層黑色的毛，彷彿腐敗的食物長了黑黴般，看得人一陣噁心。他全身上下沒有一片布，往前伸的脊椎讓頭埋著，看不清楚臉。但是襠部卻吊著一根軟綿綿的雄性特徵。

整個人，都充滿了死氣。

「竟然是人。」鹿筱筱拍了拍心口，鬆了口氣。是人她就不怕。

「這不是人，絕對不是。」輪到我語氣緊張了。

游雨靈雙拳捏緊，渾身不住地抖著，咬牙切齒地吐出幾個字：「王才發！」

鹿筱筱大驚：「他就是變殭屍的王才發，不是說它早我們一步進隧道，回到了現代嗎？怎麼卻被封閉在這扇關閉了好幾年的門裡邊了？」

我盯著那通體黑毛的王才發，心裡一陣陣發寒。它的手沒有僵直地抬起，而是垂在肩膀兩側。大量的光線從破開的牆壁外射入，終於照亮了它身後的屋子。那個封閉的屋子不大，只有六平方公尺。但是全刷成了紅色，由於密閉了很久，地上落滿了灰塵。但那厚厚的灰塵，卻完全無法掩蓋地面的紅。

屋子中間有一口紅色的棺材，棺材旁密密麻麻擺滿了各種法器。有中式的桃木劍、墨斗、黑狗血繩子等等，甚至還有一口佛教的鎮魂鐘。也有西式的盛滿聖水的瓶子以及十字架、大蒜串啥的。如果擺在架子上，都可以當做驅魔迷你紀念館展覽了。

棺材原本被沉重的鐵鍊拴著，但鐵鍊已斷了，棺材蓋子也落在了遠處。我們聽到的第一聲撞擊聲，應該就是棺材蓋被撞飛的聲音。

看來王才發循著古物的氣息進入隧道後，並沒有和我們同樣回到現代，而是去了幾年前的衡小第三醫院。可以想像，手足無措的醫院裡死了多少醫生和病人，請了多少騙子和高人，才將王才發制伏，鎖入棺材中。

但是明明它已經被制伏了，為什麼又突然醒過來，從棺材裡掙脫。這不科學嘛。

我的眼睛一縮，發現了端倪。棺材上面那根沉重鐵鎖散落在地板上，斷口處呈亮呈亮，光滑無比。那絕對是有人在不久前才用鋼鋸鋸斷的。

視線再掃了一圈，我又有了發現。那個屋子，並不是真的完全封閉。除了走廊盡頭被石膏板封鎖的門外，另外還有一扇門在對面。可那扇門，明顯有著近期打開過的痕跡。

難不成306凶間躲著的人，並沒有等來屍變的王才發。但是卻意外找到了它的蹤跡。不對，這同樣不合邏輯。既然能意外找到王才發的位置，那麼就代表他以前也能找到。

除非，他只有等我們回來了，才能真的找出王才發來。因為時間線，因我們回到過去而改變了！

一瞬間，我想了很多：「喂，妳們知道什麼是量子漲落嗎？」

王才發似乎在顧忌什麼，並沒有先動。只是站在破口處，低著腦袋。

「量子漲落，啥東西？」游雨靈肯定不懂。

「白痴，妳果然只會些神神叨叨的東西。量子漲落是一種物理學假設，代表量子態在空間和時間任意位置對於能量的暫時變化，就像一扇通往過去的魔法大門。」但是鹿筱筱卻懂了，她若有所思：「小夜，你的意思是。古物在306病房中曾經造成了量子漲落現象，所以空間才會無限延伸，時間才會和外界流速不同。我們處於量子態，但你用無限迴廊將空間引爆後，量子態被打破了，造成了時間亂流。所以我們和王才發才會明明是通過同一條隧道，卻去了不同的時間點。」

「只能這麼解釋了。」我點頭：「而且那些鞋，也不是針對我們。它們是對王才發起了反應。」

確實，自從王才發出現後，無數鞋子的鞋尖就彷彿指南針般指向王才發。而王才發忌憚的也同樣不是我們，而是那些破舊的布鞋。

我們三人被夾在兩者之間，竟硬生生地被忽略了。管他的，這種情況下被忽略才容易厚積薄發，打掩護玩陰的，弄死那隻殭屍才是正道。

「咱們去邊邊上看神仙打架。」我偷偷扯著兩女靠牆站。

王才發和布鞋似乎在蓄積力量，又像是在判斷對方的實力。不多時，布鞋率先動了。一直在安靜狀態的布鞋從地上飛起，無數布鞋鋪天蓋地，黑壓壓地朝王才發踢過去。

殭屍化的王才發低吼一聲，猛地抬起頭。只見它眼眸翻白，雙瞳鼓出眼眶，就連臉上都長出了一層黑毛。長長的黑色頭髮披散開，隨風搖擺。乾屍似的模樣，簡直太可怖了。

它雙膝一彈，身體拔高跳起。雙腿之間垂掉的那東西頓時再次一搖一擺，破布般搖晃不止。

游雨靈連忙捂住眼睛，呸了一聲：「老娘又看到了，太有傷風化了。嗚嗚，我已經不純潔了，小夜。」

鹿筱筱嘖嘖地彈了幾下舌頭：「妳沒去博物館看過木乃伊啊，這和那有什麼區別。」

「有區別啊，博物館棺材裡的木乃伊的那東西可不會動咧。」游雨靈憤憤道。

「閉嘴。」我怒了，難道只有老子在認認真真的擔心嗎？我是不是太單純了！

那邊聲勢浩大的無數鞋子踢踏，密密麻麻地打在王才發身上，雷聲大雨點小，打得王才發哇哇怒吼，可是卻沒見它少了哪一塊肉。

王才發翻白的眸子一道幽光閃過，從鞋子雨裡抓了一隻布鞋捏在手中。鞋子在它手心中不停地扭動掙扎，王才發咧開嘴，露出了滿嘴的犬齒，和兩根尖銳的長長犬牙。犬牙一口咬在鞋子上，一股黑氣頓時從鞋子中冒了出來。

漫天鞋雨頓時消失不見。

王才發隨手將鞋子往地上一扔，白森森的招子朝我們望過來。這傢伙明明沒有眼珠，居然也能看見，到底是基於什麼光學原理？

我被它看得後背發麻，吃力地嚥下一口唾沫：「它發現我們了。」

「沒用的鞋子，剛開始我還以為它有絕招，至少能解決王才發一半的力量。結果屁都沒有冒一個就被消滅了。」鹿筱筱果然比幾年前變得話癆又毒舌多了。都不知道她到底是不是有受到過那副面具的影響，畢竟她和戴上面具後化身為文儀的角色，越發的像。難道，這其實才是真正的她？

唉，女人，我實在搞不懂。

「小夜，躲到我後邊。老娘二十年前都能打得它滿地找牙，現在一樣能。看我的。」游雨靈的性格也夠分裂的，她一驚一乍又信心滿滿。掏出了早就準備好特意留下用來搞定它的鬼門符。

「大家小心一點。我腿腳不便，就背靠牆躲著幫妳們搖旗吶喊。」我見她倆鬥志昂揚，頓時也充滿了信心。拄著拐杖準備看戲，等她們搞定王才發後再悠閒地回四樓找古物。

可沒想到，戰局一開始，就朝著不太對勁兒的方向發展。

「乾坤無極，鬼門借法。今有鬼門道人，降妖除魔，祛人間禍害。」游雨擋在我身旁，嘴裡唸唸有詞，手指靈巧地捏著幾張不太一樣的鬼門符，捏碎。

同一時間，鹿筱筱也悄無聲息地掏出幾根黑色的梨花鏢。這些梨花鏢黑得猶如黑洞，光線照射上去有的形成了折射效應，有的甚至被鏢吃進去再也出不來，一看就很兇悍。甚至鹿筱筱在捏著飛鏢的時候，臉色也極為凝重小心。

兩人都在醞釀必死大招。

王才發看著我們三人，喉嚨起伏了幾下，顯然是被困在棺材裡許多年，早就已經渴難耐。它再也忍不住，低吼一聲，身高拔高，朝我們跳了過來。

「嘖。」先是鹿筱筱發出一聲清脆的厲喝，手中幾枚黑色梨花鏢甩了出去。飛鏢一出手就發出破空聲，甚至還在空中不停加速。時間和空間都要被這鏢刺破，尖銳的飛鏢頂端，竟然能看到連續突破音障和扭曲空氣的透明波紋。

游雨靈也不甘示弱，她的咒語唸完後，捏碎的符咒也脫離了手指。緩慢地朝王才發飛去，空中符咒的碎塊在一雙無形的手驅使下，又再次拼合成了完整的鬼門符。幾張鬼門符在疊加，合併，體積隨著距離的增加而逐漸變大。

兩個人神幻莫測的手段，看得我目不暇給。這大招太璀璨了，那王才發絕對能死無葬身之地。我如此堅信著。

一快一慢的飛鏢和符咒居然在同一時間極有默契的同時撞擊在王才發的身體上。這兩個看起來不對盤的女孩，難不成其實很有打合擊技的天賦？符咒在王才發身上騰起了強烈的光芒和火焰，破空的飛鏢在擊中王才發後，反而完全沒有發出任何響聲。

越是沒有聲音的撞擊，越是慘烈。可想而知，王才發的身體會遭到多麼劇烈的傷害。它整個人都淹沒在火焰中，恐怕會在那溫度極高的火裡瞬間燒成飛灰。

我正在眼巴巴瞅著塵埃落定時，游雨靈和鹿筱筱兩人臉上同時露出了難以置信以及驚恐的神色。她們倆，不知為何，竟然害怕了。

「它死了嗎？」我問。

兩個女孩眼神裡透著不安，她們在發抖，嚇得發抖。

「怎麼了？」不用說我都能看出情況有些不太妙。

「逃？」游雨靈對著鹿筱筱吐出這個字，鹿筱筱少有的贊同了她的提議，點了點腦袋。

我心裡頓時浮起了不祥的預感。兩個女孩迅速退後，一左一右地夾著我，拚命邁開腳步，用盡吃奶的力氣朝來時的走廊急跑。

一邊跑，游雨靈還抽空用閒著的左手抽出兩張急行符和一張輕身符，分別貼在了自己、我和鹿筱筱身上。

我們三人逃跑的速度更加迅速了。

身後火焰散盡，毫髮無傷的王才發露出了嚴重駝背的身形來。它陰森森地發出刺痛靈魂的嘶吼，朝著我們一蹦一跳地追了過來。

完蛋了。難不成一開始游雨靈和鹿筱筱就用上了最強的攻擊手段？但是一攻擊就知道沒什麼效果，才會架著我逃？你奶奶的，明明不久前游雨靈還在不斷貶低這駝子老屍，可王才發怎麼突然就鹹魚翻身，變厲害了。

果然是和它早我們幾年從二十年前回到醫院有關嗎？

「我忘記了，抱歉抱歉。」一邊逃游雨靈一邊吐舌頭裝可愛：「它早我們幾年回來，當初在醫院肯定開了血食，吃了不少人。我就想二十年前它全身還只是長著白毛咧，怎麼今天一看毛都變黑了。還以為它被關太久發黴了，沒想到居然升級了。」

鹿筱筱大恨：「長白毛不也是發黴嗎？」

啊喂，妳關注的要點是不是有些不太對？我無力吐槽，手上打著石膏的右腿被兩人拖行。身後駝背老殭屍一蹦一跳地在追趕，儘管我們速度不慢，可一身黑毛的王才發跳躍能力似乎更勝一籌。

根據古代文獻記載，據說殭屍也是有分等級的。黑毛的比白毛的可不止強大一點。

這就猶如地震等級般，一個級別而已，卻能差別巨大。如七級地震爆發在城市周圍或許只會死幾百數千人。但是震級到了八級，就會死傷超過幾萬甚至數十萬人。往往相差數十倍之多。

雖然古人對殭屍的描述和形容我並不認可，但根據我至今對殭屍的研究，得出的結論也只是屍體受到了某種超自然物件的影響，產生了類似膝跳反射的自主運動反應。王才發被鬼教精心培養，用來隔離四樓古物中散發的致命能量。所以在一定程度上，鬼教有必要為它賦予些許的智慧。

就是這些許的智慧，讓我們三人陷入了絕境中。

王才發現在的實力，比之二十年前增加了至少十倍。當初游雨靈降服它的時候，尚且還是和自己的父親聯手，加上鬼門符咒充足，不要命地招呼上去。現在父親不在，身旁又多了我這個拖油瓶。鹿筱筱的各種梨花鏢雖然物理攻擊驚人，但是背後的殭屍皮糙肉厚，根本就不怕她的物理攻擊。

情況，糟糕到了極點。

「逃去哪裡？」游雨靈病急亂投醫，無頭蒼蠅般到處跑。

「上樓，去四樓。」我努力保持冷靜：「古物就在四樓。那物品對它有無比的吸引力，說不定到了 404 房它就會放棄我們，轉而去吞噬古物。」

其實自己內心裡還埋著一份想法。至今我還搞不清楚古物的確切模樣，但是王才發本能地就認識它。只要它將古物抓住，到時候再想辦法搶過來。至於打不打得過無所謂，在不拚命的情況下，玩陰的我還沒輸給誰過。更何況是這頭沒腦子的怪物。

想法是挺好，可我們到底有沒有機會活著跑到四樓，這才是一個大問題。王才發已經追到了近在咫尺的地方，它沉重的身軀每一次蹦跳，都能帶來地板的顫抖。它噴出一口腐臭的白氣，就在我腦殼後邊，味道令人窒息。

「再快一點。」我急道：「多貼幾張鬼門符。」

「你以為這是玩遊戲，還能疊加啊。」游雨靈慌亂中抽空白了我一眼，之後她又看向鹿筱筱：「幫我爭取時間。」

「我試試。」鹿筱筱沒什麼把握。她將夾著我的左手重心儘量又往左挪了挪，空出了右手來。三人腿上和身上的符咒效果開始減退了，就連泛黃紙張上的字也模糊起來。王才發追得本就快，再加上我們的速度慢下來，一時間我只感覺後腦勺涼颼颼的。它鋒利的黑長指甲，險些刺中我的頭皮。

「你妹的。」我大罵，怎麼自己的腿偏偏就受傷了呢。人腿腳一不便，就連主動權都喪失了。

鹿筱筱接連用右手掏出好幾種不同顏色的梨花鏢，腦子不斷盤算著什麼。她在計算用什麼組合可以最有效地阻礙殭屍的速度。

「用妳的黑飛鏢射它的眼睛，黃色飛鏢刺膝蓋和腳尖，白飛鏢刺手腕。」我連忙吩咐道。對於女孩擊中飛鏢的功能，自己大約能猜到些。王才發哪怕變成了殭屍，它也還是人的模樣。只要是人，就一定要符合人體仿生學才能順暢的運動。

殭屍的全身骨骼和肌肉僵硬，所以它只能跳，但是人類要做出跳的動作必須運用全身上下好幾塊肌肉聯動。

刺眼睛，是遮蔽它的觀察力。攻擊膝蓋，讓它無法用膝蓋發力。刺手腕，是為了讓它手不能抬起。根據我的觀察，王才發每次跳起前，都會先抬手腕。這很正常，哪怕是活人跳躍，不抬手你試試能跳得遠不。

鹿筱筱不假思索地聽我的話，將六根不同顏色的梨花鏢分別射了出去。黑色的鏢刺向王才發的雙眼。王才發果然有視力，它本能地偏開腦袋。視線無暇顧及攻擊手和腿的四根飛鏢。

瞬間，另外四根飛鏢順利地打中了目標。王才發姿態失衡，跳到半中央就被自己混亂的力氣帶飛，偏離了前進的路線。它重重地撞在牆上，撞入了病房中滾了好幾圈才搖搖晃晃的站穩。

就憑著這間歇的功夫，游雨靈也動了。她先是甩出幾張鬼門符貼在背後不遠處的地面、天花板和牆體上。又將幾張神行符貼到了我們身上。

我們三人頓時身體一輕，又一次加速，眼看就要竄入樓梯間了。

王才發站穩後撞破另一間病房的牆壁，嘶吼著再次追了上來。它碰到游雨靈佈置的符咒後，像是碰到了結實的無形牆，在反彈作用下猛地向後摔倒。但是這一撞，也僅僅拖慢了它一秒多鐘。

發出金光的鬼門符被撞得暗淡下去，王才發再撞上去已經作用不大了。符咒發出「哢嚓」一聲，寸寸碎裂。

殭屍兩次摔倒，和我們拖開了接近五六公尺的距離。我們三人心裡一喜，覺得逃脫有望，在跑入樓梯間時還稍微鬆了口氣。殭屍腿不能彎曲，它要跳上樓梯可不容易。

沒想到王才發比螞蟻多不了多少的智慧又起了作用。它眼見我們快要消失在樓梯上，竟然將防火門活生生地扯了下來，朝我們扔過來。

只聽一陣破空聲，背後猛地湧上一股惡寒。我們三人見門板旋轉著飛來嚇得幾乎心臟都快要爆了，連忙壓低了腦袋。

門幾乎是擦著頭頂飛了過去，「啪」的一聲砸在了不遠處。無數碎片迎面撲來，游雨靈連忙放開我用鬼門符形成一道薄薄的結界。鹿筱筱拔出兩根梨花鏢當做短刃，暴雨梨花刀法猶如漫天梨花飛舞，滴水不漏，煞是好看。

但塵埃落盡後，我們一抬頭，頓時傻了眼。

這還怎麼玩？王才發的力氣大得驚人，竟然用不牢靠不結實的防火門板硬生生地將上四樓的樓梯砸斷了一部分。

上天沒有路，下地被堵住。

在王才發的逼近中，我們陷入了徹底的絕境！

第五章 致命追殺

我陷入過許許多多次絕境，但是沒有一次有這麼糟糕的。危險就在不到五公尺的地方，那隻殭屍再往上跳一次，就能搆到我們。

確實，饑餓了許多年的王才發沒有理由放過眼前的血食。它的喉嚨不斷起伏，恨不得立刻將我們的脖子咬斷。在斷了我們的去路後，它雙膝一挺，整個人拔高而起。

我深呼吸幾口氣，反而冷靜了：「鹿筱筱，用黑色飛鏢攻擊它的膝蓋，用白色飛鏢攻擊它的胸口。游雨靈，用妳最有爆發力的鬼門符，瞄準它腳底下前方二十公分的位置使勁兒給我扔出去。」

話音剛落，兩個女孩就不假思索地動了。

鹿筱筱將兩黑兩白四根梨花鏢用我指定的方式攻擊，空中的王才發根本不屑於躲避，它不覺得這些弱小得只能給自己撓癢癢的手段有什麼威脅。所以四根飛鏢都射中了它。黑色飛鏢異常沉重，猶如兩根鐵錘，擊打得跳了一公尺多的王才發上身往後傾斜。

擊中膝蓋的飛鏢，又讓它的腿朝後彎曲了三十多度。

這時候游雨靈扔出去的兩張鬼門符爆發了，從王才發腳底下升上來一股劇烈的爆炸，暴漲引燃了空氣，蒸騰出巨大的衝擊力。向上的衝擊力帶著王才發的軀體，活活地和它跳躍時的去勢合在一起，把這隻殭屍帶上了天。

王才發彷彿一根發射的火箭，飛出好幾公尺高，硬硬的腦袋直接在爆炸力的作用下穿破了四樓的樓板，脖子卡在了上層臺階的水泥裡。殭屍的手也是僵硬的，只能打直不能彎曲，它的頭被樓板吊著，整個身體也吊在離地四五公尺的地方，探直的手可笑得左右揮舞，就是沒辦法把腦袋挖出來。

「噗——」兩個女孩見狀，完全忘了剛才的狼狽，紛紛「噗哧」地指著陷入困境的殭屍大笑。

我瞪了她們一眼：「還不想辦法快逃，困不了它多久。」

「但我們怎麼上去？」鹿筱筱指了指斷成半截的樓梯，斷裂的落差和長度大約有三公尺。平時我腿腳好的時候，還敢拚一拚。但是很不巧，老子現在右腿打了石膏：「我一個人倒是能跳過去，但是帶不了你啊。」

我在附近瞅了瞅，找到一根比較結實的繩索：「妳先跳過去把繩索繫牢固，做一個簡單的滑道。」

三公尺的滑道，就算是腿腳不便，也過得去。

游雨靈和鹿筱筱按我的指示很快就搭好了滑道，我用皮帶當滑輪，勉強在兩女的拖拽下過了斷裂的樓梯。開始拾階而上，準備去四樓找古物。

就在四樓的樓地板上，王才發的腦袋探出來，探出腳就能踩到。游雨靈樂呵呵地找出一張鬼門符，貼在了它額頭上。

王才發頓時石化了似的，剛剛還不停掙扎，亂轉動的腦袋立刻就停止了所有活動。

「這樣應該還能拖延一下它的行動。」女孩得意地說。要不是沒什麼辦法可以刺破王才發堅硬的腦殼破壞它的大腦，而且也害怕用力太猛反而將它打下去，這兩個女孩大概都不介意落阱下石。

我們推開防火門，終於進入了 VIP 樓層。忙不失措地推開 404 的房門，三個人埋頭翻找起來。找了一會兒，大家面面相覷，都有些傻。

404 房的東西不多，但也不可能在短時間內就全查過一遍，特別是在無法確定那件古物究竟是什麼模樣，多大的情況下。該死，果然先到一步根本沒用，難道還是要在王才發手裡硬碰硬，虎口奪食？

「找不到。」我搖了搖腦袋，和鹿筱筱交流了眼神。鹿筱筱同樣很困惑，雖然護士長的遺物被她偷走了很久，一直在她手中。但是對於古物，她確實記不起來了。

難道一放下就會讓人遺忘它的存在，也是古物的一種超自然力量？它既然能錯亂時間和空間，自然也能混亂一個人的記憶。

「要不我們把找到的東西都毀掉，畢竟能放入錢包的東西也不可能太大，要破壞它也很方便。」鹿筱筱提議道：「大多數古物並不容易損毀，如果在打砸某一件物品的中途出現了離奇現象，八成就是它了。」

「沒有時間了。」想法很不錯，但確實沒有時間實行。四樓的樓梯間傳來了斷裂的聲音，應該是遊雨靈的符咒失效，而王才發也找到了掙脫出來的辦法。只要它將腦袋抽出來，用不了多久那隻兇惡的殭屍就會追過來。

話音剛落，房間外就傳來一陣轟隆隆的巨大響聲。王才發不斷撞破擋路的牆壁就要衝到 404 病房前了。

「找地方先躲躲，古物就在房間中。它受本能牽引，暫時應該不會顧及要吃我們。」我拉著兩個女孩忙不失措地躲進了房側的洗手間。屏住呼吸，順著門露出的一條小縫往外望。

我們在等待機會，等王才發找到古物又來不及吃下去的那一刻，將古物搶走。多一秒少一秒都不行，時間必須把握好。

王才發很快就撞爛 404 病房的門，剛一進入房內，它駝背的軀體就猛地停住了。殭屍身體一聳一聳的，似乎在一寸一寸地搜索令它感覺有致命吸引力的東西。

我們三人屏住呼吸，用視線捕捉著它的一舉一動。王才發跳了幾下後，來到了床邊，抬起的手臂揮開床單。床單下露出了一張工作牌。是鹿筱筱裝成文儀冒充護士時的工作牌。

鹿筱筱恍然大悟，用右手敲了敲左手心，「我就知道是這個東西。以前我的工作牌掉了，用的是護士長的牌子，貼了自己手寫的名字。」

話音剛落就打臉了，王才發只是在上邊感覺到了古物的氣息，發現不是後將工作牌憤怒地咬碎。

之後，它跳到了床頭櫃前，將櫃子掀翻。櫃子中細碎的物品滾落一地。一條小手鏈躍然出現。

鹿筱筱再次明悟：「絕對這個不錯，鉑金手鏈，我就說護士長當了護士幾十年了，怎麼可能在工作時戴手鏈。這條手鏈絕對是古物沒錯了。」

王才發把手鏈咬成了兩截，隨手一扔。

鹿筱筱臉色發紅，感覺丟臉死了。再後邊，這隻智商不足的殭屍又分別找出了鹿筱筱的一件內衣、兩雙襪子還有一大堆亂七八糟的私人物品。我一頭瀑布汗，抱著胸口，實在不知道該怎麼說她了：「啊喂，美女，妳到底趁著我昏迷的時候搬了多少東西到我病房中？妳對我幹了啥？」

就連游雨靈都用怪怪的眼神鄙視她。

「這個，那個，哈哈。你要感謝本姑娘，為了保護你的安全。我在春城連房都沒有租，只能住醫院。醫院淋浴間的淋浴蓮蓬頭又不舒服。」鹿筱筱扭扭捏捏的用兩根手指鬥蟲蟲。

我深深嘆了口氣，大為自己的貞操感到危急。

但是鹿筱筱這麼多私人物品都深深染上了古物的氣息，這妮子到底將古物當成了啥在用啊？當年她在我心目中可愛電波系的人設，完全崩潰了。

彷彿房間裡的殭屍也很困惑，它無頭蒼蠅似的將大半家具都給毀得乾乾淨淨，病房混亂不堪。終於它將沉重的床也掀了起來。重達一百多公斤的多功能護理床飛到空中撞擊天花板，又落地，整間屋子都顫抖了幾下。

床下是骯髒物藏身的最佳場所，不過醫院的床經常移動打掃，還算乾淨。床下，一張手絹平鋪在地上，躲在廁所的我們三人一看到它，眼睛就移不開了。

這張成人手掌大小的手絹看起來嶄新潔淨，染成有歷史感的淡黃色，在微弱陽光下反射著奇異的光澤。我一時間竟然分辨不出它的材質。不像是棉、也不可能是化學纖維、和蠶絲也不同。難不成鬼教勢在必得，密謀籌畫了數百年想要弄到手的，就是這張看起來並不起眼的手帕？這也太出乎意料了。

事實很快就得到了證明。王才發和我們一樣，在手絹出現後立刻停止了所有的動作。

它噴出一口白氣，腰桿更彎了，可怕的臉上黑毛被窗外灌進來的冷風吹動，扭曲乾枯的五官在黑毛下不停蠕動。

這是殭屍在表示激動？

王才發保持著軀幹四肢的僵直，探手伸出長長的爪子向手絹撈去。黑色尖利指甲小心地把手絹挑起來，直朝嘴裡扔。駝背老殭屍吞手絹的場景，真是別開生面的詭異。

「就是現在。」我低喝一聲：「開打。」

鹿筱筱手速極快的在我話音剛落時，不要錢地把梨花鏢射了出去。密密麻麻的梨花鏢鋪天蓋地，幾乎要將每一寸空間都撕裂。游雨靈的鬼門符也被一張張拋出，緊隨著梨花鏢後邊攻擊而至。

被襲擊的王才發厲吼著，下意識抽出雙爪將無數刺向眼睛的梨花鏢擋住。叮叮噹噹的響聲不絕於耳，隨後飛到的鬼門符如磁鐵裹了殭屍一身，符咒猶如連綿不絕的布匹，緊緊貼在它身上不斷地往裡勒緊，力量之大，幾乎把王才發這接近兩百年的老駝背都給勒直了。

空中兩枚紅色飛鏢不斷地碰撞在黑色飛鏢之間，每一次碰撞都令紅飛鏢轉向。兜兜轉轉了幾次之後，紅飛鏢流竄到王才發的嘴邊，刺中手絹後將它帶起向後飛去。

王才發見堪比生命的古物被奪走，憤怒得大吼，乾枯的身材猛地一漲，居然活生生拔高了十幾公分。它鋒利的爪子割破了幾張鬼門符，從符咒中探出來，朝空中的紅色飛鏢抓去。

紅飛鏢靈敏地撞擊在另一隻黑飛鏢上，陡然轉向，繞了好大一圈後落入了鹿筱筱手中。

「嘻嘻，得手。」鹿筱筱得意地笑著。

「還不快逃，它已經發飆了。」我斜了她一眼，三人馬上從洗手間竄出去，趁著鬼門符還封鎖著殭屍的行動力，逃到了走廊上。

鬼門符沒撐幾秒就全部寸斷，王才發弓著背撞碎牆壁追趕過來。它憤怒無比，屍氣縱橫，軀體一邊跑一邊抖。每一次起落都用力到將地板踩塌，深深的腳印中，殘留著黑色的骯髒氣體，從腳印裡向空氣中蒸發。

那是帶有揮發性的屍毒。

對屍毒無比警戒的游雨靈，不斷地向後扔鬼門符，妄圖把擴散到空氣中的屍毒燃燒掉。但始終有漏網之魚彌漫過來。屍毒在空氣裡傳播的速度比王才發的追趕更快，猶如無數隻沸騰的利爪，掀起巨浪，帶著令人窒息的陰冷襲擊過來。

用膝蓋想也知道，被屍毒籠罩，人不可能有什麼好下場。危機中鹿筱筱丟出幾根黑色梨花鏢，破空聲帶著強烈的負氣壓，好不容易才將追趕而至的屍毒驅散一部分。

接連丟出梨花鏢後，她的存貨不足了，「小夜，我的梨花鏢沒剩多少了。」

游雨靈也急促地喊著：「小夜，我的鬼門符也不夠了。該死，沒想到王才發變成了黑毛殭屍，真是失算。就算我和鹿筱筱的攻擊力充足，再加上我老爸，恐怕也打不過它。你快想想辦法。」

「我能有什麼辦法？」我也很著急。自己被兩女夾著，完全是個拖油瓶。鬼門符和梨花鏢不夠的情況下，剩下的攻擊力就得要用在刀刃上，不能再浪費了。從前拖延時間卻不痛不癢的攻擊手段不能用。面對鋼鐵身軀的黑毛殭屍，自己實在有些束手無策。

身後王才發不斷揮發屍氣到空氣裡，拖慢我們的速度。它追趕得非常快，一起一跳間，距離就被拉近了。正面抵抗無異於飛蛾撲火。我伸手在懷裡掏了掏，摸出了魔方。這件被我命名為無限迴廊的奇物，在不久前為了打破306凶間的空間以及時間陷阱時壞掉了。

自己嘆了口氣，決定將無限迴廊徹底犧牲掉，用來爭取寶貴的一丁點時間。魔方迅速在我手裡轉動，游雨靈惱了：「小夜，都什麼時候了，你還在玩魔方。」

「閉嘴，給我認真找路逃。」我看都沒看她一眼，混亂的魔術方塊在我的撥弄下逐漸恢復原本的模樣。自己的腦子飛速轉動，計算著每一塊魔法的規律和走步。足足用了好幾秒鐘，魔方回歸了每一面都是同樣顏色的初始狀態。

在它歸零後，我猛地將它向著王才發的腦袋扔去。同時喊道：「快，跑進那間病房裡。」

我們三人跌跌撞撞地衝入病房的門，門外閃過一道金光，之後是王才發連綿不解的憤怒嘶吼。殭屍的叫聲似人非人，光是進入耳道，就會讓人心緒慌亂煩躁。這是人類的本能在恐懼。

游雨靈和鹿筱筱衝得太猛，現在累得倒在地上不斷地喘著粗氣。隔著自動關上的門，從窗戶上往外望，一身黑毛的王才發不停的衝向我們所在的病房，可是就在它爪子要碰到門把手的前一秒，它的身影就消失得無影無蹤。幾秒後，它又從左側走廊衝了過來，尖銳的爪子眼看就要刮到了門把手，然後整個人又消失了。

如此不斷的往復，王才發不停地發出非人低吼。走廊已經被無限迴廊的力量佔據，變成了永遠也無法逃脫的迴圈。

「有這種好東西，你怎麼不一早拿出來？」游雨靈抱怨道。

我臉色並不好看：「拿出來也沒用。那物品已經殘破了，現在是強弩之末，撐不了多久的。我們趕緊找辦法逃出住院部。」

鹿筱筱早就將古物手絹塞進包裡，沒有半點準備拿出來的意思。她左右看了看：「這裡是四樓，我可以直接從窗戶上跳下去。」

「我也行。」游雨靈不甘示弱。

我苦笑。四樓大概有十二公尺高，老子就算手腳正常時也不敢跳啊，那不是找死嗎？

「用床單綁成一條繩子，我試試能不能滑下去。」VIP病房就有一個好處，為了替陪床的親戚，一般都可以加床。所以櫃子裡也有備用的床單和被套。兩床床單被套足足有八公尺，結成繩子大約還剩七公尺，再加上窗簾，足夠了。

不過速度必須要快，無限迴廊形成的克萊因瓶空間是消耗了魔方奇物最後的一絲爆發力量製造出來的，隨時都會崩潰。而且裡邊的王才發也是個巨大隱患，能量守恆定律，如果力量足夠大，空間和時間都會被打碎。

就怕王才發亂發洩，最終關它的時間會大大縮短。

我的擔心成為了現實。當繩子綁到最後兩公尺的時候，王才發的嘶吼猛地消失了，聒噪的走廊一片寂靜。沒有腳步聲，沒有砰砰的撞擊聲，甚至再也聽不到那隻被困殭屍發出的任何存在感。

恐怖的寂靜，撕碎了我們三人的冷靜。我的心臟砰砰劇烈跳動。越是安靜，就代表暴風雨來的越是猛烈。

王才發在哪？它想要幹什麼？古物和食物都在這間單薄的病房中，它不可能捨得放棄離開。那麼該死的，它究竟準備要幹嘛？

危險到窒息的壓抑，流淌在病房的每一寸空間中。我和鹿筱筱三人幾乎要停止呼吸了，緊張得不停冒冷汗。

「別停。」我轉動腦袋，視線越過病房的每一扇窗戶，每一面牆壁，猜測王才發究竟會從哪裡闖入。

兩個女孩被我一喊後，雙手結繩的速度更快了些。我們在和時間賽跑，跑輸了，就會死。

還有最後一點，只要將窗簾綁上去，把繩子的一頭牢牢拴在床腳上就搞定了。王才發始終沒有動靜，就如同它已經蒸發在了空氣裡，不存在了。

我們大氣也不敢出一口，一邊捆窗簾，一邊固定繩子。終於大功告成，就在鹿筱筱把繩子往窗外一甩的瞬間，隔壁牆壁猛地傳來了一聲刺耳的碰撞。病房裡瞬間佈滿了子彈般射擊過來的無數牆體碎片，鹿筱筱連忙用黑色飛鏢當匕首，揮舞著把碎塊擊開，手忙腳亂。

她的飛鏢數量不夠了，體力也嚴重透支。游雨靈也沒好到哪兒去，鬼門符沒剩幾張，對付王才發就算扔出去也聊勝於無，沒任何用處。

「跳。」我用牙齒縫蹦出這個字，什麼也顧不上，和兩個女孩抓著繩子往窗外跳。

但是我們失算了，智商比屎蚵蜋多一點的黑毛殭屍顯然有它自己的手段。它竟然在擊碎牆壁後，彷彿猜到了我們的逃跑路徑，從我們想要逃跑的窗戶前出現了。

我滿臉絕望，鹿筱筱和游雨靈雙腳在牆上輕點，身體猛然在空中轉向，兩雙胳膊將我整個人扯著撲向朝窗戶相反的位置。我們三人跌倒在病房門前。

沒有猶豫，三人爬起身就跌跌撞撞地往走廊逃。自己心如死灰，從窗戶逃走的希望已經破滅，走廊上一片狼藉，活著離開的可能性微乎其微。

鬼教調教出來的王才發，實在是可怕得逆天。真不知道它吞下古物後，又會起什麼化學變化。會不會變得更加凶厲？

突然，我眼睛一亮，想到了個辦法。

「鹿筱筱，那張手絹呢，拿出來。」我朝鹿筱筱攤手。

這妮子下意識地搖頭：「不要，你要手絹幹嘛？咱們還沒逃走呢，這麼快就準備分贓了？」

「分妳個大頭鬼，我有用。把妳的梨花鏢也給我一根。」

鹿筱筱滿心不情願地在死命奔跑中將古物手絹以及飛鏢給了我。手絹一入手，我就感覺到了異常。這東西哪怕握在手心，自己也始終沒分辨出材質。輕如蟬翼的古物冰冷無比，彷彿抓住的是一坨冰。表面纖塵不染，光線下流淌著流蘇般的光澤。

這手感，讓我突然記起了一件事，自己當初得到九竅玉盒時曾經在盒子上的雕刻裡見到過這張手絹，但是按照雕文的比例看，手絹本應該大得多才對。但無論如何，這張手絹和陳老爺子的屍骨是脫不了關係的。甚至極有可能是陳老爺子主墓中的陪葬品之一。

至於它的具體功能，有待考據。現在情況危急，我也來不及細看。將手絹包裹住飛鏢，打了個結，眼看王才發已經追到自己後腦勺的不遠處，自己一發狠一咬牙，手掄圓了遠遠把手絹扔了出去。

有飛鏢配重的古物拋出一條優美曲線，落在了右側的房間中，不知去向。

鹿筱筱尖叫一聲：「夜不語，你瘋了。」

「我沒瘋，我要命。」我吩咐道：「還不快往回跑，回那間有繩索的房間，我們趕緊溜出住院部。」

眼見手絹被扔掉，王才發果然捨棄我們追了過去。古物去哪它就去哪，我聽到玻璃破碎的聲音，頓時咂了咂舌。難不成自己力氣用得太猛，扔到樓下去了？活該，現在正午的陽光烈得很，王才發可是殭屍。我早就發現它雖然能在白天活動，但卻一直有意無意地躲避直曬的陽光。

這表示陽光會對它造成傷害，真希望能把它曬死。

我們順著床單和窗簾結成的簡易繩子回到地面，一直保持著走在有陽光的位置。鹿筱筱一直嘰裡呱啦地埋怨我，我用手指掏了掏耳朵孔，沒理她。王才發自從跳下窗戶後，就不知所終。

游雨靈耳朵動了幾下，指了指樓房的拐角：「你們聽，有動靜！」

我和鹿筱筱抬頭看了一眼，頓時嚇了一大跳。樓外陽光下，無數黑漆漆的影子在住院部的外牆上爬，密密麻麻的鬼影全跑了出來，猶如殺人蜂般在牆壁平面上奔跑跳躍，掀起影子浪濤，朝拐角處湧動。

「古物肯定在那邊。」我皺眉，驅使兩女也趕緊跑過去。拐了個彎後，我們看到了更加驚人的一幕。

包裹著飛鏢的手絹就落在不遠處的草地上，而在手絹前不足一公尺的地方，王才發沉重的身體因為重力加速度的關係，半個軀體都陷入了泥土中。它根本就顧不得將身體扯出來，雙臂用力往前伸，用鋒利的爪子想要勾住手絹。

數不清數量的鬼影從平面的二維世界裡衝出來，流瀉著至牆面蔓延到它跟前。每一個鬼影都在黑毛殭屍撞擊，鬼影有自己的獨立意識，它們全都一窩蜂爭搶手絹。讓我們三人看直了眼。

「什麼情況？」游雨靈臉色煞白，她雖然無法直接地看清滿牆黑影，但能看到眼前的能量亂流已經將空間都扭曲了。

我也目瞪口呆。沒想到鬼影和王才發竟然不是一夥的。但無論鬼影身後的操縱者是誰，目的都是想要得到古物。

黑毛殭屍被二維世界的鬼影撞擊得哇哇大叫，每一次它幾乎要抓到了古物，黑影都能將它的手撞開。它憤怒得心臟都要爆了，前提是它兩百年的老心臟還能炸的話。

我見這兩種怪物狗咬狗，樂了起來。從口袋裡掏出一架小型的折疊無人機。這東西是小紅帽主播留下的，秉承物盡其用的我迅速將它和手機連結，操縱無人機飛了起來。很快無人機就發出嗡嗡的刺耳噪音，飛到了手絹的上空。

自己在綁手絹的時候特意留了一個特殊的結，無人機有驚無險的下降，腳架勾住手絹的繩結，在兩波怪物的眼皮子底下輕巧地朝我飛回去。

手絹入手，我得意一笑後，被兩女夾著準備揚長而去。

王才發和鬼影都呆了呆，之後同時惱怒無比。潮水似的鬼影鋪天蓋地朝我們湧來，王才發這才想起從泥土裡扯出身軀，怒吼著跳到草地上，一蹦一跳地追向我們。

「儘量朝陽光中跑。」我提醒兩女。

游雨靈和鹿筱筱心領神會，跑在陽光中。被陽光一曬，鬼影速度慢了些許。王才發卻根本不管陽光不陽光，它隨手將花園裡一棵小樹連根拔起，朝我們扔過來。本來被樹陰擋住的殭屍完全暴露在了陽光下，它通體的黑毛都散發出一股刺鼻的惡臭，又彷彿開始融化般，讓王才發渾身上下都冒著黑煙。

王才發痛得連連吼叫不止，吃痛得它暴擊率都上來了。趁著小樹越過我們的頭頂，啪的一下擋住我們去路的間歇，它拔高而起，一跳就跳了七八公尺遠。兩個來回，鬼影和殭屍全都追到了我們跟前。

身前樹木擋著，背後又有鬼影和殭屍，我們三人再次陷入了絕境中。

「這次把手絹扔出去引它們自相殘殺的機會還大不大？」我臉色煞白，苦笑道。話音剛落，王才發根本不給我機會，雙爪已經抓了過來。

「小心。」游雨靈驚呼道，用最後的鬼門符結出繁複的手印，在身前形成了一道結界。

結界一碰到王才發的蠻力就碎了，殭屍巨大的力量將游雨靈拋起，女孩噴出一口血，淒慘的猶如破布般飛了出去。

鹿筱筱抓起兩把黑色梨花鏢，運起暴雨梨花刀法纏鬥。但是王才發實在是太凶厲，彌漫的屍氣蒸發在空氣裡，嗆得人喘不過氣。沒幾下，鹿筱筱也被打得全身是血的癱軟在地。

沒辦法了，只剩下一個手裡抓著手絹，一臉拚命冷靜的我。我不斷苦笑，直視著王才發的翻白瞳孔：「那個，老兄。咱們再商量商量，有事不要用武力。和平萬歲嘛。」

心裡想著，完了，絕對死定了。沒想到，自己會死在這兒！

「你是不是想要這個？想要就拿去，別客氣，給。」我覺得自己還能搶救一下，於是試著把手絹扔出去，看兩波怪物會不會再次互相爭奪。沒想到手絹一離開手，就被王才發接個正著。它一隻爪子掐住了我的脖子，將我整個人都抬了起來，喉嚨抽動了幾下，準備先將手絹吃了後，將我當做主食後的小菜。

我心裡一片冰冷，卻沒有閉上眼睛。喉嚨湧上一股甜味，那是脖子被提起後承擔全身重量的結果。自己的大腦飛速運動，拚命想著絕境自救的方法。可是，無論怎麼想怎麼算，破局的可能性都幾乎為零。

就在這時，眼看王才發就要吃下手絹，準備發飆的黑影突然像是感覺到了什麼可怕的存在般，猛地向後湧動。猶如一鍋開水倒入了螞蟻窩中，混亂無比。就連王才發也停下了吃古物的動作，翻白沒有瞳孔的眸子，朝我的背後望去。

身後，尖哨般的破空聲，陡然響起，帶著巨大的動能朝我後腦勺襲來。

第六章 危機急迫

我感覺天空都蒙上了陰影，一個碩大的東西呼嘯著飛過我的頭頂，撞擊在黑毛殭屍的腦袋上。王才發來不及怒吼，已經被那巨大的玩意兒擊飛。被它抓住的我險些也被它帶飛，還好及時掙脫出來，癱在地上拚命喘粗氣。

得救了！

我一邊努力呼吸，一邊茫然向後望，橫在地上的樹將我的視線擋住，自己什麼也看不清。王才發足足飛出去二十幾公尺遠，連襲擊物帶身軀都被砸入對面的住院大樓內，聲息全無。我定睛一看救我的物體，只看了一眼就目瞪口呆。

那啥，這他媽的不是衡小第三醫院的側門嗎？花園圍著醫院修建，面積不算小。側門就在離住院部大約四十幾公尺的遠方。那扇門在我溜達時見過幾次，通體用結實的厚鐵皮包成，鋼筋骨架，高達三公尺多，重量最少也有兩噸多。

可就是這一扇相當於私人小汽車般沉重的鐵門，竟然被誰活生生地從牆上扯了下來。不止如此，那非人的傢伙竟然還將它當暗器用，隨手一扔就是四十公尺遠。你妹的，誰的蠻力這麼逆天？難怪那些躲藏在二維世界中的鬼影都躁動不安，因為它們在赤裸裸的害怕。

住院部一樓被鐵門砸得稀巴爛，分別癱在離我不遠處的游雨靈和鹿筱筱也異常不安。她們不清楚來人是敵是友，無論如何，已經有一個她們無法對付的王才發了。現在又來一個看上去更難對付的傢伙，活命的機會恐怕更加渺茫。

兩女臉上不由得湧上一股絕望。

一股風吹過來，我感覺背後的樹不見了，連樹帶軀幹地飛上了天空，遠遠地落到了花園裡不知道哪個角落。隨後，自己渾身一輕，彷彿被誰抱了起來。

「痛嗎？」一個冰冷的女聲在耳畔響起，那聲音中帶著刺骨的涼意卻又悅耳動聽。我還沒見到來人的臉，身體已經徹底放鬆了。

呼，看來這次是真死不了了。

女孩帶著白色的影子，體香撲鼻。她看著我，將我每一寸身體都清清楚楚地檢查了一遍。她抽出一隻手，雪白纖細的五根指頭輕輕撫摸我帶著淤痕的脖子，平淡無波的語氣頓時染上了一層怒意：「痛嗎？」

「不痛。」我搖頭：「把我放下來吧，怪不好意思的。」

大男人被一個女人公主抱，確實有些不好看。對此我其實臉皮挺薄的。

穿著一襲白色衣裙的女孩並沒有將我放下來，她面無表情，就這樣抱著我：「我還想，抱抱。」

「那妳抱吧。」我嘆了口氣，這娘們的意志很難扭轉，忍了一會兒，我又忍不住了：「抱夠了沒？」

「沒。」白衣女孩冰清玉潔的臉上看不出任何感情色彩，她那身單薄的白裙在寒風中搖擺，抱著我的她渾身上下充斥著比空氣更冷的寒芒，屹立大地上，就彷彿整個世界，都在她的雙腳下顫抖。

游雨靈吃味道：「喂，那個誰，快把夜不語放下。咦，鹿筱筱，妳幹嘛縮成一團。看妳那副慫逼模樣。該不會是剛剛被王才發嚇壞了吧？」

鹿筱筱瞪了她一眼，大氣都不敢出。她本能地害怕，數年前自己和父親的勢力在鼎盛時期，她尚且花樣用盡都沒能從那個女孩手中逃走。最終屈辱地被吊提著脖子抓走的一幕幕又回憶了起來。

眼前容貌絕麗，不苟言笑的女子，那才是真正的怪物般的存在。不信你看那些鬼影，全都躲得遠遠的，甚至還在瑟瑟發抖。

冰涼的寂靜蔓延在花園中，女孩溫馨地抱了我一會兒後，似乎聽到了什麼聲音，戀戀不捨的將我放在地上：「主人，等我，一小會。」

白色衣裙飛舞間，女孩已經來到了住院部一樓的大豁口前。被鐵門襲擊的王才發嘶吼著，從破口處一蹦一跳的竄出來，一看到白衣女子身影，就揮舞著筆直的雙臂攻擊過去。

女孩冷哼一聲，輕輕抓住了王才發的胳膊。黑毛殭屍攻擊受阻，死命地想要把胳膊從那雪白的五指間拔出來。女孩一動不動，黑毛殭屍無論如何用蠻力，卻沒有任何效果。一人一屍，就那麼對峙了幾秒鐘。

王才發大怒，不管不顧地張大嘴巴，一口尖牙和兩根長長的犬齒露出，向女孩咬去。女孩輕輕一拳頭揮舞，彷彿只是摸了它一下，兩根犬齒頓時飛了出去。

兩百年屍齡的王才發哪裡受到過如此特殊的待遇，哪怕它智慧有限，但仍舊殘留著本能。它呆呆地張大嘴巴，長著犬牙的位置傻兮兮地變成了兩個窟窿，看上去又蠢又狼狽。

黑毛殭屍有些怕了。嗚嗚了兩聲，不死心地又想咬過去，但是白衣女子不耐煩起來，一把抓住它的腦袋，一個過肩摔，將王才發大半個身體埋入了混凝土中，王才發只剩兩隻腳在外邊僵硬地扭動。

「她，到底是誰？」游雨靈滿臉不可思議地看著這一幕，她的小腦袋瓜實在轉不過彎。那麼兇悍可怖的王才發，明明好幾次都令自己和鹿筱筱三人危機不斷，險死還生。哪怕在全盛時期，集合父親的力量也鬥不過的黑毛殭屍。怎麼在那個女子手裡，猶如玩弄一隻無法反抗的布娃娃般輕巧。

那女子，到底是什麼人？

不敢吭聲的鹿筱筱低聲道：「那個傢伙是夜不語混蛋家的守護女，叫李夢月。別當著面看她家的夜小子，看多了小心她揍你。」

「嗚，為什麼？」

「不知道為什麼。總之我幾年前和夜不語混過一段時間，還沒來得及搞曖昧就被李夢月揍得不輕，嗚。」鹿筱筱說到這立刻訕訕笑起來：「夢月姐姐好。」

李夢月不知何時已經走到了她背後，看了她一眼：「鹿筱筱？」

「呵呵，是我。」鹿筱筱渾身發抖。她對這白衣女子有一輩子的心理陰影。自己少說也是上百歲的人了，對一個二十出頭的女孩張口就叫姐姐，也真不感到害臊。

「話多。」李夢月總結道：「電波系，畢業了？」

「是，是。老爸死後我一個人撐，生活不易，就不小心畢業了。人嘛，總要成長的。那個那個，我對妳家夜不語可一點想法都沒有，真的！」她連忙和我劃清界限。

守護女不再理她，回到了我跟前。我的視線一直落在這玉潔冰清、風姿絕代的女孩身上，一直看著她。失蹤了好一段時間的李夢月，終於再次回來了。我激動得肩膀都在微微發抖。

「主人。」李夢月久久才吐出兩個字，她沒有表情的臉下掩蓋的並不是平靜無波的心。

「這麼久的時間，妳去哪兒了？」

李夢月沒吭聲。

「妳是怎麼找到我的？」我又問。

「你的緊急，聯絡人。聯絡了我。」守護女簡單回答。

我頓時想明白了。在306凶間中，小紅帽主播直播的時候，我曾經對著看直播的觀眾喊話，重金懸賞，希望他們打一個電話號碼。那號碼肯定被打過了，我佈置的緊急聯絡人立刻聯絡了楊俊飛和黎諾依等人，那時候他們應該正陷入危險當中。而楊俊飛也一直受我委託尋找守護女的蹤跡。

他一定是找到了李夢月的聯絡號碼，又告訴了我的緊急聯絡人。李夢月知道我有危險，馬上趕來了。

沒有她陪伴的好一段時間了，自己有許多話，想要跟她說。可是被鹿筱筱打斷了：「那啥，夢月姐，小夜。你們別卿卿我我了，王才發有點不對勁兒。」

游雨靈的傷看起來有些慘，但是她一直保護著重點部位，所以還能活動。黑毛殭屍被守護女制伏後，這妮子就跑進住院部翻找，想要找到和王才發一起被打進去的古物。

但是她一無所獲：「小夜，古物不見了。」

半個身體深深陷在水泥地面下的王才發，雙腳不斷抖動。赤裸的腿上，它的肌肉變得更粗，青筋一根根鼓脹起來，就連體表的黑毛也產生了變化。

游雨靈驚叫：「快阻止它。王才發恐怕是已經將古物手絹吃掉了，它要進化了！」

殭屍的進化方式有很多種，但是藉由吞食另一股屬性相同的力量是最快捷的。不用吞吐什麼日月星辰，也不用吸食多少人的血液。那些都弱爆了，時間用得久不說，還麻煩。

說話的功夫間，王才發身上的黑毛開始褪色，接著成了白毛，眨眼時間，白毛逐漸染上了一層紅暈。陽光下，紅暈越來越深，最後形成了一層更長的紅毛。

「完了，完了，它變成紅殭了。」游雨靈臉色煞白，剛剛才湧上來的劫後餘生的慶幸被深深掐滅。紅殭比之黑毛殭屍升了一個等級，實力何止暴漲數十倍。哪怕是守護女，恐怕也沒有打贏的可能。

剛升級的王才發猛地發出一聲尖銳的吼叫，聲波掃過，地面一層層塵土揚起。附近建築上的玻璃全都在吼聲中碎裂。它將腦袋從水泥中拔出來，猩紅的眼神直盯著白衣的守護女不放。它的力量大了，智商似乎也增加了。

它要報仇。

紅殭又是一聲吼，聲波以肉眼可見的速度擴散過來。守護女將我護在身後，腳輕輕一踏，兩股聲波頓時碰撞在了一起互相抵消，雲淡風輕。

「夢月，它吞了一個對咱們很重要的東西。讓它吐出來。」我吩咐道。

守護女點點頭，踏著輕快的腳步緩慢朝王才發逼近。

游雨靈急了，拉了拉我：「夜不語，千萬不要讓那妹子過去送死。你們根本不知道紅殭的可怕，那是可以毀滅一個城市的怪物。我們老祖宗手拿鬼門，都不一定鬥得過。你帶上你的妹子，我們趕緊分頭逃。它去追誰，就看個人的運氣了。」

「放心。」我目不轉睛地看著那白色衣裙的身影，信心滿滿。

「放心你妹啊。」游雨靈急得團團轉：「鹿筱筱，妳也幫我勸勸這傢伙。」

鹿筱筱偏過頭去，沒開腔。

游雨靈重重地一跺腳：「算了，死就死吧。至少我也要死得光榮，老娘再拚一把。」她從口袋裡掏出壓箱底的幾張鬼門符，咬破指頭將血塗在符咒上，剛想要上前去幫李夢月一把。可是一抬頭整個人就傻了。

這，啥情況？

只見李夢月慢悠悠地走到紅殭面前，視而不見近在咫尺、屍氣縱橫的王才發。王才發通體紅毛根根如同鋒利的刺，無風自動。弓著的畸形脊椎活像一隻蘇門答臘紅毛猩猩。

它的手動了，身體也動了，哪怕只是簡單地跳起，那爆發的巨大力量也將地面踩得寸斷，撕裂了空氣。

李夢月看也不看，一腳踹了過去。讓游雨靈難以置信的一幕出現了，氣勢高漲的紅殭竟然被這輕巧的一腳踢得往後飛退，好不容易才將身體平衡穩住。

「主人，讓你，吐出來。」守護女對著紅殭把白皙的小手一攤，居然朝沒智慧的殭屍要東西。

紅殭雙臂筆直，漆黑的爪子根根彈出，猛地向李夢月刺去。守護女又是一腳將它踢飛十幾公尺遠。幾個來回後，本就不是什麼好脾氣的李夢月不耐煩了。她想要早點搞定這只狗皮膏藥回主人身旁，於是順手從地上抄起那高達三公尺，重達兩噸的鐵門，朝紅殭扇過去。

紅殭慘被扇倒在地，守護女站在它跟前，用巨大的鐵門一下一下地敲它的腦袋。一邊敲一邊不厭其煩地說著同樣的話：「吐出來。」

「主人讓你，吐出來。」

紅殭僅有的智慧和殘忍都被她活生生地打得消失無蹤，臉上的紅毛被鐵門巨大的動能打掉，頭髮也禿了好幾塊，看起來淒慘無比。

游雨靈捂住了眼，實在不知道該說什麼好。這真的是自己老祖宗的典籍裡記載的，能夠毀掉一個小國家的紅毛殭屍？弱爆了！

不，恐怕並不是王才發太弱。而是守護女太強，強大到超過了她僅有的高中物理的知識水準。

這女人，真可怕。

同樣感覺到可怕的，還有那只被不斷摧殘的紅毛殭屍，它剛變強大意氣風發才沒幾秒鐘，就被打回了原形。僅有的智商令它湧上一股憋屈。在被打得半死之後，它甚至產生了比面對兩百年前製造它出來的鬼教門徒都還強烈的恐懼。

它在恐懼中屈服了。捂著腦袋以扭曲的姿勢跪在地上，竟然真的將堪比性命的手絹吐了出來。

守護女也不嫌棄沾著分泌物的手絹骯髒，從地上拿起後遙遙望向我。我點頭示意後，她將手裡的鐵門一扔，一腳將王才發的腦袋踩爆，結束了它的性命。

可憐的百年老殭屍，鬼教長達兩百年的陰謀。最終不及最直接的力量。

將手絹還給我後，還沒等我仔細拿在手裡觀看，李夢月的視線猛地望向了住院部的某一個極為隱蔽的位置，喝道：「誰，滾出來。」

沒人回應。

「哼。」她冷哼一聲後，用腳尖挑起一顆小石子踢出。石頭被賦予了堪比子彈的能量，眨眼間就跨越了幾十公尺的距離，刺破牆體，深深打入房間內。

遠遠傳來一聲慘叫，守護女幾個躍起竄入房中，倒提著一個腿部受傷的男人回來了。

我、鹿筱筱以及游雨靈看清這個人時，不約而同的驚叫道：「怎麼是你？你不是死了嗎？」

被李夢月抓住的男子，赫然正是本應死在安寧中心三樓走廊的男主播。

「嗨，各位好。又見面了。」小紅帽探險隊的男主播厚著臉皮，露出苦笑和我們打招呼。

我陰沉著臉，與身旁的兩女對視幾眼，不用想也知道，裡邊肯定有蹊蹺。

「這小子有問題。」鹿筱筱畫蛇添足地說。

游雨靈撇撇嘴：「他有問題不用說也知道，鹿筱筱，妳以前不是什麼大勢力的公主嗎。逼問的手段肯定一流，要不妳上去試試。用妳那啥梨花鏢在他身上割幾百個口子。」

「你們好殘忍。我說，我全說，不要逼問我，我怕痛。」還沒開始逼問，男主播就已經投降了。

「慫貨。」鹿筱筱和游雨靈難得的觀點一致。

「說吧。」我看著這個害死了自己兩個好友，最終還為了擺脫我們而裝死的男主播，眉頭皺了皺。這傢伙看起來純粹只是個自私自利的混蛋而已，但或許，他的故事遠遠沒有那麼簡單。從中，我深深嗅到了陰謀的氣味：「你真正的名字，叫什麼？」

「我本名叫劉華。」男主播討好地笑著，臉上堆積著畏懼。

「你和你朋友闖入306病房，並不是什麼偶然，也不是為了什麼直播。而是別有目的，對吧？」我問。

「對，對。我是受人所託去那間病房直播的。誰知道裡邊那麼兇險！」劉華哭喪著哀號道：「早知道我就不去了。」

「你說謊！」我冷哼道。

守護女面無表情，毫無猶豫地將他往地上一放，男主播的雙腿膝蓋骨頓時和結實的水泥地面來了個親密接觸。結果是，兩個膝蓋全粉碎性骨折了。

劉華尖銳的慘叫，滿腦門的冷汗。這傢伙也是真怕死，見李夢月臉上流露出不喜的神色的瞬間，硬生生將慘號憋住，臉都憋成了豬肝色。

「可以說實話了吧？」我瞥了李夢月一眼。失蹤的這段時間，這冰雪絕色的女孩，更加雷厲風行了。她這段時間以來，過得肯定很艱難。

每個人都在隨著時間而變化。無論是性格、行為還是心態。守護女在我面前報喜不報憂，她心裡隱藏著的壓力，很大。我瞭解她，只要是她能自己解決的事，一定會在我看不到的地方默默處理。但是她現在卻從暗處走了出來，和我匯合。

當前的情況，果然已經危機到極為糟糕的境地了嗎？糟糕到，她沒辦法獨自解決，糟糕到，她的煩躁已經從冰冷無表情的神色中，溢出了。

我心裡一緊，就連醫院的風景，都讓我草木皆兵、危機四伏。

「我說我說。這次我真不說謊了。」劉華雙手舉高，痛得臉都扭曲了。憋了好久，才緩緩說道：「我確實是被人指使來這家醫院直播的。那些人我也不認識，但是當初我有生命危險，他們救了我。只需要我做一件事。就是和你接觸。」

男主播看向我。

我皺眉道：「說清楚。那些人到底是誰，讓你和我接觸，有什麼目的。」

「我真和他們不熟。那些人住在長江邊上，據說我父親當年是他們的外門弟子。我不小心中了勞什子的陰鬼追魂咒，父親就帶著我去了那個教派的總部。」劉華當下將自己當初怎麼鬼迷心竅做了追妞主播，之後又怎麼不明不白地被詛咒，快死時被父親綁架去了一個圖騰是奇怪小鳥的長江邊上的小村落中。

我一直一眨不眨地看著他，看著他每一個表情變化，咀嚼他每一句話。當他提到奇怪的小鳥圖騰時，鹿筱筱以及我，甚至就連守護女的神色都變了。

「他們的圖騰，是不是這個模樣？」鹿筱筱在地上隨意地畫了一隻古怪的鳥，長長的三根尾羽，翻白的眼睛，看起來很Q。

「對對，美女畫得惟妙惟肖的，真不錯。和我見到的一模一樣。」劉華小雞啄米樣地直點頭。

「是鬼教的圖騰。」鹿筱筱確認道。

「這隻鳥到底代表什麼意思？」我雖然知識淵博，什麼都涉獵過一些。但是這完全不在我視線中，突然冒出來的教派，自己的資料實在太少了。

顯然對此，就連鹿筱筱調查了那麼多年也知之不詳：「我也不清楚，這鳥應該和當初的五斗米神教有關。」

「這是，傷魂鳥。」沒想到守護女卻吐出了答案。

「傷魂鳥！」我用手使勁兒捶了捶掌心：「這事就說得通了。」

果然，李夢月也知道鬼教的事。難道這麼多年，她一直和鬼教明裡暗裡戰鬥著，保護著我和夜村不受到鬼教的傷害。

游雨靈悶悶地問：「聽你們在那裡說天書，夜不語，解釋清楚點。傷魂鳥到底是什麼玩意兒？」

「這種鳥在古代典籍裡很少提及，《拾遺記》中記載，是一種由被誤殺的冤魂變成的鳥。相傳，黃帝部落攻殺蚩尤後，他的神貂和神虎誤咬了一名無辜的婦女，七日七夜後那名婦女才斷氣而亡。黃帝萬分悲哀，於是厚葬了這名婦女。後來，婦女的魂魄怨氣化為一鳥，飛翔在墳上，自稱『傷魂』。後世相傳凡有人被冤殺而且有仇不能報，便化為此鳥，飛集在墳頭哀鳴。」我沉重地說：「鬼教祭拜傷魂鳥，確實很有可能。」

「畢竟傷魂鳥就是從怨氣中產生的，鬼教驅使超自然力量的法門，我推測也和怨氣有關。不知道千年來，做了多少傷天害理的壞事。」

說完自己又看向劉華：「繼續說。」

劉華畏畏縮縮地講述起自己身上的陰鬼追魂咒如何被鬼教壓下，自己如何挖空心思地想要接近我，所以誤打誤撞地將小紅帽泡妞直播頻道，改成了小紅帽探險隊。以直播靈異恐怖事件為切入點，在幾天前就潛入了衡小第三醫院。

等接到鬼教潛伏人員的通知後，這才帶著攝影器材進入306病房。

聽到這裡，我終於明白了自己一直以來不妙的感覺從哪裡來的了：「你的意思是，你的攝影器材是訂製的，而且是鬼教給你的？就連那些無人機也是？」

「對！」劉華點頭。

我強壓住想要罵髒話的衝動：「不好，咱們都中了調虎離山計。」

鬼教的陰謀籌劃深淺不知，可是有一點能夠確認，能夠威脅到他們的勢力恐怕已經不多了。我猜大部分勢力手裡的陳老爺子的骨頭都被搶走，只剩最後一點，還散落在神州大地。不，散落各地的或許也被鬼教收集了。

可為什麼，鬼教還要調虎離山？他們用一張古物手絹，謀了個百年大局。兩百年前的王才發被鬼教調教成黑毛殭屍，奪取鬼門，殺光游雨靈一系的鬼門所有者。他們狙擊我，讓一直油滑本沒有放在眼中的鹿筱筱來到我身旁。

他們用一個一個又一個的陰謀，將我弄傷。在這詭異的衡小第三醫院中，又逼得我不得不說出緊急聯絡人的電話。借此，他們成功將守護女也吸引到了春城。

就此所有有威脅的人，都被集中到春城了。他們想要幹嘛？答案呼之欲出。因為陳老爺子最後一塊骨頭，甚至是最重要的一塊骨頭，有可能就藏在夜村。

守護女很難擊破，我也屬於很難纏的角色。再加上游雨靈和鹿筱筱。四人都被引到夜村的千里之外。

夜村，危險了！

第七章 靈異倉庫

加拿大，蒙特霍布。楊俊飛偵探社總部。

在離總部不遠的一個小城市中，居民悠閒愜意，清冷的街道上乾淨整潔。一如晴空那湛藍的穹頂。

「早。」瑪利亞抱著一紙袋的食物朝前走，她和附近的鄰居親切地打了個招呼後，面帶笑容的走入商店街中央，一棟三層樓的連排建築中。踩過最後一塊紅色的磚石地，踏入敞開的門前時，她特意看了一眼天色。

漂亮的藍天，萬里無雲。卻有一股普通人看不見的戾氣在彌漫。她的臉色頓時陰沉了下來。

「那些傢伙，跟來了！」

瑪利亞將紙袋放在餐桌上，倒了一杯熱水。喝了幾口後，背後傳來了一個低沉的中年男子聲音：「倉庫，就在這棟樓下面對吧。果然是大隱隱於市，城裡的居民肯定想不到，數千件擁有超自然力量的物件，隨便哪一件都能攪得城市不安寧。卻就這麼像炸彈一樣，放在他們腳底下。」

她猛地回頭，看到沙發上坐了一個樣貌普通的華裔中年男子。男人的身上穿著古袍，黑色的古袍上繡著一隻奇怪的鳥。

「你是怎麼進來的，再不出去我就要報警了。你這是私闖民宅你知道不？」瑪利亞驚恐的尖叫道。

中年男子悠哉地坐著，絲毫不理會她的尖叫和警告。只是看著她，像是要看她準備裝到什麼時候。

「你們把附近的居民怎樣了？」瑪利亞叫了一陣子，見沒用後，倒是乾脆。給來人倒了一杯水放在桌子上。

古怪男子沒有忌諱，將杯子裡的水一飲而盡。

瑪利亞奇道：「你不怕我在水裡下毒？」

「我信。」男子笑道：「妳不是已經下毒了嗎？」

瑪利亞也笑了：「你喝了也沒事，嘖嘖，果然有兩把刷子才敢來踢館。」

「把妳的人皮面具取下來，我看著怪難受的。」中年男子目光帶著毒，看得瑪利亞渾身難受。

瑪利亞撇撇嘴，用手掌在臉上輕輕一抹，臉上的人皮面具就不見了。露出了一張二十來歲的漂亮臉孔。赫然正是老女人林芷顏。

「你們是為了倉庫裡的奇物而來的吧？」林芷顏冷哼道：「每年就你們這樣的人，老娘不知道要打發多少批。」

「我不要奇物。我只要一種東西。」中年男子緩緩道：「我要你們倉庫裡所有陳老爺子的骨頭。」

林芷顏露出了果然如此的神色：「不可能。」

「我沒有在問妳，這是命令。」中年男子面色不變：「用你們偵探社所有的人和這個小鎮六百條人命，換倉庫裡二十八塊陳老爺子的骨頭。很划算，對吧？」

林芷顏大驚失色，拔腿就跑到了大門口，打開門往外望了一眼。只見安靜的街道上一片死寂，剛剛進門前的蟲鳴鳥叫，走在街面的行人喧囂全都沒有了。乾淨的人行道，飛鳥仍舊在空中，卻一動也沒動。一隻蜜蜂就在她近在咫尺的地方，牠展開薄薄的翅膀，凝固在了最後的飛翔姿態中。

甚至尾巴上那根毒刺，都還反射著黝黑的光澤。

但是牠卻不能動了。路上的灰塵，路上的所有動物昆蟲，乃至於路上所有的行人，都沒有動。時間暫停了似的，保持著靜止。

這意味著什麼，早已經不言而喻。古怪男子，似乎用某種超自然物件，將整個小鎮都停止了。所有人的命，都掌握在他手中。

「給妳一炷香的時間，打開倉庫門，交出二十八塊陳老爺子的骨頭。」男子淡淡說著：「拿到東西，我就走。絕不拖泥帶水。」

說完，男子用左手在右手掌心裡一抓一拉，憑空拉出了一張黑色的符咒。那張黑符熊熊燃燒著黑色的火焰，上邊的字跡清晰可見，全是古文，林芷顏一個字也不認識。但是她明白，似乎正是這張符咒，將整個小鎮的時間按下了暫停鍵。

黑色火焰不斷燃燒，符咒在不斷的消耗，以肉眼可見的緩慢速度變短。一炷香功夫，大約三十分鐘。符咒燒盡，按男子的言下之意，所有人都會死。

「要陳老爺子的骨頭，我可做不得主。」林芷顏撇撇嘴，走到餐桌前整理起剛買回來的食材。她眼皮子抖了幾下後，猛地從牛皮紙袋裡抽出一支槍，毫不猶豫地對準男子連續扣下扳機，這把手槍經過改裝，只需要一秒鐘的時間，就能將彈夾中的三十多發子彈傾瀉一空。

子彈割破空氣，朝男子射去。但是還沒碰到男子就被一層看不見的屏障阻止了，三十發銅子彈在屏障前變扁，撞擊聲不絕於耳。

林芷顏毫不驚訝，她並不覺得單純用槍就能解決現在的麻煩。在開槍的一瞬間她就動了，嬌喝一聲，手裡一把綠幽幽的匕首從袖口滑出，反手抓在手裡。

這把匕首顯然也是擁有超自然力量的奇物，她和夜不語那小怪物不同，能用的奇物並不多。這一把匕首是家族裡傳下來的。屏障前子彈的動能還沒有被磨盡，仍舊貼著那無形屏障往裡鑽。顯然這些子彈也不簡單，屬於特製的高檔貨。

林芷顏手裡的匕首一揮，幽綠的光就染在了無形屏障上，硬生生將屏障一擊而碎。中年男子臉色不變，看著匕首和沒有了屏障阻礙的三十多發子彈筆直地朝自己攻過來，竟然沒有一絲躲避的意思。

說時遲那時快，子彈和匕首同時攻擊而至，眼看就要將男子的腦袋劈開。沒想到林芷顏猛地臉色大變，半空中的嬌柔身體蛇似的二次轉向，整個身軀橫著拋飛換位，險之又險地避開了襲來的某樣東西。

那是蜜蜂，明明凝固在大門口的那隻蜜蜂。蜜蜂不知何時飛了進來，居然用帶著黑色鋒利尾刺的屁股攻擊她，那尾刺，顯然毒性不低。只聽身旁一陣響動，房間裡密密麻麻地出現了許多長相特異的蜜蜂。

蜜蜂熒蛾撲火似的朝子彈飛去，古怪的是，明明只是蜜蜂而已。本來應該攻擊男子的子彈竟然被蜜蜂小小的身體阻擋。最終的動能被奔赴死亡的蜜蜂消耗殆盡，紛紛落到地上。

怪了，這些蜜蜂都是從哪裡來的？

林芷顏眼神古怪地跟蹤蜜蜂出來的位置，不多時就捕捉到了蹤跡。地下和天花板上所有小縫隙裡，都有蜜蜂湧出。眨眼間，整個客廳都佈滿了密密麻麻的蜜蜂，密不透風，那無數黑黝黝的帶毒尾刺，看得人不寒而慄，幾近窒息。

原來蜜蜂早已經不知道多久前，就已經潛伏在了這間房子裡。自己家的倉庫，早就被人發現被人監視了。可笑他們還自以為佈置得很完美。

林芷顏高舉雙手，滿不在乎地站在原地，既然已經栽了，沒有勝算了，也只能投降了。她漂亮的側臉轉了轉，看向男子：「對付我還用幫手，真是我的榮幸。」

男子聽出了她話裡的諷刺，也沒生氣，淡淡喊道：「雅心，東西拿到了嗎？」

一個年輕女子笑盈盈地從樓上走了下來，輕輕搖頭：「沒有咧，哪有那麼容易。畢竟這間倉庫已經收集了百多年的奇物，佈置得很精細。最重要的是，夜小子最近幾年八成又將它重新佈置過。那傢伙心思細密，鬼知道有多少小算盤。亂來的話肯定損失慘重。」

「你們倒是有自知之明。」林芷顏得意道：「倉庫確實被小夜佈置得機關重重，哪怕是我想正常走進去溜達一圈，也不是件容易事。」

雅心笑咪咪的，聲音柔得彷彿只是在和她商量：「那就請姐姐妳帶路了。」

聽到她稱呼自己「姐姐」，林芷顏起了一身雞皮疙瘩：「別，這個稱呼我可受不起。老娘只是保養得好，臉顯嫩。妳是真不知道多少歲的老妖怪了。別以為我沒調查過妳，你們陰教用陳老爺子的骨頭中蘊藏的超自然力量，孕育改變了各種各樣的蟲子。妳可是驅使蟲子的高手咧，甚至能用蟲子續命。」

「姐姐妳還真是調查過我咧。但是現在已經沒有陰教了。」雅心嬌滴滴地說道：「現在我們陰教鬼教統為一派，奉鬼教教主為尊。鬼教教主法身齊天，道力無邊。超塵脫俗，永世不滅。」

她這樣一唸，本來臉色還冷淡鎮定的中年男子立刻跪倒在地。口中唸唸有詞的在歌頌什麼，聲音細碎、接連不斷。

林芷顏臉抽了抽，這他媽的怎麼像是個不上道的邪教組織。太Low了。如此好的機會怎麼能放過，趁著男子在讚頌自己教主偉大的時候，她立刻又起了心思。眼睛骨碌碌地轉了一圈，悄悄地按下了餐桌下某個隱蔽的機關。

可是她的動作落在了雅心眼皮子底下，出乎意料的，雅心並沒有阻止她。

等了一會兒後，房子並沒有如預料般有任何反應。林芷顏的臉又抽了抽，該死，整個屋子裡佈置下的機關，似乎都被這群人破解了。什麼時候破解的？難道是蜜蜂潛伏進屋裡的時候？

「姐姐，妳還是死心帶我們進倉庫吧，再有任何小動作的話，呵呵。」雅心盈盈笑著，整齊雪白的牙齒煞是好看，猶如普通的鄰家小妹。可是笑容裡，卻帶著掩蓋不住的刺骨冰涼：「陳老爺子的骨頭，我們勢在必得。」

林芷顏猶如鬥敗的公雞，低下了腦袋：「罷了罷了，小命要緊。我就帶你們去吧，拿了東西趕緊走。」

「早就應該如此了。」雅心樂道：「要知道，我家的這些小蜜蜂，好久沒有在人體裡築巢了，聽，牠們正躍躍欲試呢。」

林芷顏打了個冷噤，身體一陣惡寒。敢情這些蜜蜂平時都在人體裡築巢？這些傢伙果然是根正苗紅的邪教組織啊。

她帶著兩人來到地下室，打開地下室隱蔽處的板子。板子下方露出了不斷往上湧著陰森氣息的階梯。這階梯很窄，只能容一個成年人斜著肩膀往下行。

「倉庫就在這下邊。」林芷顏說。

中年男子看了雅心一眼，雅心明瞭地點點頭，手一揮。飛在她附近的大量蜜蜂一窩蜂地朝地下階梯飛去，飛了好一會兒，才有蜜蜂飛回來。

雅心吹著短促的口哨，似乎在和蜜蜂交流。不多時明瞭了：「樓梯沒有危險，下邊有一扇大門。」

「進去。」男子言簡意賅，明顯是兩人的領頭。看不出雅心臉上有什麼不悅，她蹦蹦跳跳地在蜜蜂的層層簇擁中先走入了樓梯。

男子讓林芷顏走第二位，他在最後邊押後。這傢伙挺謹慎的，下邊的情況屬於未知狀態，誰都不清楚倉庫裡有什麼機關。他可不希望林芷顏再耍什麼手段。

林芷顏心裡也明白，以鬼教心狠手辣的手段，拿了東西就放人只是空口白話，她絕對不相信。當他們得到了陳老爺子的骨頭後，八成也是偵探所和小鎮所有人的死期。沒看到男子手裡那張黑色火焰的符咒仍舊燃燒著，只是燃燒的速度被他減緩了。

火滅人消。想要解除危機，就必須在黑火符燒盡前，將這傢伙解決掉。特別是雅心，關於她，夜不語搜集了大量的資料。這個女人不知道活了多少歲數，心氣高得很。雖然現在滿臉笑盈盈的，可誰知道有沒有對鬼教真正的服氣。

夜不語曾經提到過，陰教的力量來源基本來自於陳老爺子的骨頭。而作為和它一派的鬼教，應該也同樣如此。誰得到的陳老爺子的骨頭最多，誰的力量就佔上風。對雅心而言，說不定她也在忍辱負重呢。

畢竟他們教派好好的，吃著小火鍋養著噁心的可愛小蟲子，沒事用蟲子毀滅一下小城市和小教派，搞些陳老爺子的骨頭，小日子過得挺好的。然後就被殺千刀的鬼教滅了，任誰都不會心甘情願。嗯，這一點倒是可以利用。

林芷顏三人的腳步迴盪在狹窄的樓梯間，向下盤旋的樓梯綿延無盡，彷彿要直探向地心。難怪變異蜜蜂用飛的，也足足飛了不短的時間。

樓梯上的每個人都各懷鬼胎。林芷顏眼睛轉個不停，走了多久，鬼心思就動了多久。終於，足足走了二十幾分鐘後，樓梯終於到了盡頭。一扇巨大的門，出現在眼前。

紅色的緊急照明燈並不亮堂，但是那扇大門卻自己在發光，刺得人眼睛生痛。這強烈的光線來得很唐突，隔著五公尺遠的時候還不覺得，但是一旦距離進入了五公尺，光線就猶如瀑布般，將所有侵入的人劈頭蓋臉噴了一腦袋。

一照到那劇烈的光，本來還圍在雅心周圍的變異蜜蜂突然就躁動起來，在空中胡亂地飛舞，喝醉了酒般搖搖晃晃。接著不斷「唰唰唰」的往下落，彷彿下雨似的，很快地面就鋪了一層蜜蜂屍體。

「夜小子對我真是照顧有加，對咱們陰教的手段確實研究過。就連防禦措施都針對了我們。」雅心皮笑肉不笑，陰陽怪氣地說著。顯然有些惱怒。她的蜜蜂可是養很久了，還沒怎麼派上用場就死了個精光。

林芷顏幸災樂禍，「誰叫妳殺了他第一個老婆，小夜看起來文文靜靜的，其實心裡記仇得很，又小氣。他大部分時間都拿你們這群東西當假想敵咧。」

「別廢話，開門。」中年男子不太愛說話，二十八塊朝思暮想的陳老爺子骨頭就擺在一門之隔的地方。鬼教數代教主，足足一千多年的謀劃，就要在不久的將來得以實現。集齊陳老爺子的骨頭，鬼教勢力會得到暴漲。鬼教和陰教前身的五斗米教代代傳承的夙願，將會開啟。鬼教，將真正的永生不滅。

「說實話，你們到底集齊陳老爺子的骨頭要幹嘛？召喚神龍嗎？」林芷顏好奇地問。她雖然跟著楊俊飛也在一起搜集陳老爺子的骨頭，但是她的目的，卻很簡單。自己有一個心願，想藉著陳老爺子骨頭裡的神秘力量來達成。骨頭越多，達成的機會越大。

恐怕楊俊飛，也同樣如此。不過這個目的性，與鬼教千年來的謀劃比起來，簡直弱爆了。

「不管你信不信，我們的出發點是很好的。」雅心沉默了一下，「我們陰教和鬼教當初的傳承，都來源於早期的五斗米教。而五斗米教，是張道陵祖師於四川鶴鳴山創立，正統的天師教。雖然在你們看來，我們有些陰狠毒辣，做事不擇手段。但這個世界，本來就是不平等的。」

「階級、傷害、自殘。人類總是愛自我摧殘和毀滅。每十年一次的大流感，每百年一次的大瘟疫，總會讓人類感覺自己遠遠沒有到達食物鏈的頂層。」雅心緩緩道：「張道陵師祖有感於人間疾苦，雖然他一生積極推廣五斗米教，授眾生平等。卻只是精神層面讓眾生滿足，肉體一樣的累受痛苦。後半生，他一直在研究幾個墓穴中陸續找來的陳老爺子的骨頭，祖師坐化前終於研究出了一個讓眾生平等，最終脫離疾苦的辦法。」

「只是那個方法，需要集齊陳老爺子所有的骨頭，來開啟一扇大門。」雅心繼續道：

「但是直到巴渝的五斗米教最終分裂成了陰教和鬼教，我們都始終沒有將骨頭集齊。世人愚昧，數千年來，只要嘗過骨頭上的神秘力量的滋味，就會欲罷不能。對於骨頭的爭搶，歷朝歷代都在明裡暗裡進行。直到現代社會，科學昌明了，大家不再迷信。跟我們搶骨頭的勢力，也少了。」

這一席話，聽得林芷顏咋嘴巴。她無論怎麼想怎麼猜，就算摳破了腦袋，也沒想到，這鬼教的千年陰謀居然還是為了全人類好。什麼人間大愛，什麼眾生平等，開方便之門，掃除世人疾苦。大而化之的大話挺多的，但到後邊就有些歪道理了。

最重要的是，她從雅心有意無意透露的話中，聽出了一個重要的東西。鬼教陰教的目的從來都是一致的，什麼為人間疾苦眾生平等，其實他們最主要的目的，就是集齊陳老爺子的骨頭，打開一扇啥大門來著？

難不成還是某個平行世界的大門，門裡邊就是普渡慈航眾生平等的天堂？可那門內的人愛接納咱們整個地球的人嗎？人家吃著小火鍋，眾生平等的過得正爽，就聽到「哧溜」一聲，一道門「啪」的在天空打開。落下了七十億個土包子？

不對，雅心絕對沒有說實話。

林芷顏用特殊的手法一邊聽雅心講述自己勢力苦口婆心為全人類好的大愛精神，一邊將倉庫的大門開啟。這扇門同樣是用一種擁有超自然力量的奇物佈置的，包括下來的階梯，其實全是一體。它們擁有空間能量，如果不是林芷顏領著，其他人根本進不來。

大門高大十幾公尺，一般人站在下邊，像是小人國的人誤闖入了大人國的家。明亮的門花了林芷顏十多分鐘才解鎖，門發出低沉的轟鳴，向兩側滑動，滑開了一條可以容三個人並肩走的縫隙。

「你們要的東西就在裡邊，請。」林芷顏一攤手，做了個請的姿勢。面對黑壓壓的門縫，中年男子倒是不忌諱，抬腿就走了進去。

他的手裡抓著一張符咒，一邊走一邊朝裡邊扔。

無風自燃的紙符在門內燃燒著，並沒有出現異常。他有些詫異：「沒機關？」

「當然有機關。」林芷顏笑道：「只是機關，早在你們踏進這個小鎮的時候就已經啟動了。」

中年男子突然臉色也一變，想到了什麼：「找死。」

他一張紙符飛過去，打在了林芷顏的身體上。林芷顏被紙符引燃，臉上露出了燦爛的笑容：「各位，已經帶你們到倉庫了。我先告辭，大家在裡邊玩得開心。」

話音盡，老女人整個身體猛然化為一攤水，「嘩啦」一聲落在了地上，仔細看哪裡還有她的蹤影。

「該死，被擺了一道。這傢伙恐怕老早就溜了。我竟然沒有察覺到，不知用了什麼奇物。」中年男子也不怕機關，徑直走入了倉庫大門內。不久後，只聽見滿倉庫都是他撕心裂肺的憤怒吼聲。

雅心走進去看了一眼，臉皮一抽，露出了一絲苦笑。但是她笑容中滿是「果然如此」。夜小子機關算盡心思縝密，他們只猜到偵探社的倉庫不好進，就算進去恐怕也會折損不少人手。這些損失，他們都已經預料了。

但沒有想到的是，這傢伙竟然搞了這麼一手。

整個偌大的倉庫，空空蕩蕩的，一個東西也沒有剩下。不知道什麼時候居然被搬空了。林芷顏用奇物當做替身，在這裡等著他們進攻，純粹是為了套她的話，想知道鬼教的目的。

雅心呵呵笑著，完全看不出她心裡是什麼看法。中年男子洩憤了好一會兒，這才從倉庫走出來。他低沉的吼道：「鬼教眾聽命。」

「得令！」一聲聲輕叫傳來，不知何時，這倉庫門口竟然出現了眾多隱藏的古袍男子。密密麻麻，足有幾十人之多。這些人用某種手段隱蔽得極好，根本難以發現。

「傳我號令，就算將加拿大掀翻，也要將偵探社所有人抓回來。」

「不。這樣是找不到他們的。」雅心少有的阻止了中年男子，插嘴道：「我知道陳老爺子的骨頭，以及那些古物和偵探社成員在哪裡。」

「說。」中年男子皺了皺眉頭。

「夜村。他們最後的堡壘，肯定是夜不語小子的老家，夜村。那是他的大本營。」夜不語不停地搜集雅心的資料，研究她的行為習慣和做事手段。她何嘗又沒有花力氣研究夜不語的習性。

「夜村不是由另一組教眾負責嗎？」

「那群人可能已經被解決了。」

中年男子轉頭看向其中一名剛剛到的鬼教手下。那名教眾跪在地上，臉色慘白：「聖女沒說錯。小人剛剛接到傳訊，所有去夜村的教眾都被一名白衣女子憑著一雙肉掌殺光了。」

中年男子臉上有些驚詫，神秘的夜村他們鬼教從來就沒有輕視過。這次派出的人手極多，居然全被一個女子擊敗了。那女子，難道就是鬼教調查過的那個人？

「鬼教眾聽命，集齊所有人手，立刻在夜村匯合。」中年男子用手指敲了敲腦門。已經浪費了許多的時間。這世上唯一還剩下陳老爺子骨頭的地方，或許真的只剩下那個夜村了。

「不急，現在去夜村也只是徒勞的浪費人力而已。我們還需要先將一個人引開。」雅心露出迷人的笑。

「誰？」

「夜家守護神，夜小子的未婚妻，那個棘手的守護女，李夢月！」雅心嘻嘻一笑：「不過，我早有佈置。現在夜小子應該早就自顧不暇，守護女正在準備去救他的路上。夜村，在不久後會變成真正的空心村。」

想的不錯的話，楊俊飛偵探社以及夜村藏起來的最後的陳老爺子的骨頭，最終都會彙集在夜村，等著他們一網打盡。

陰教鬼教數千年的夙願，是否能實現，就看夜村這一戰了！

第八章 結果的竹

「竹子開花了。」夜老六看著家門不遠處竹林裡的竹子，皺緊了眉頭。那一大片荊竹昨天還好好的，一覺醒來，突然就開了花。白生生的竹子花煞是漂亮，但卻帶著一種說不出的淒涼。

夜老六知道，開花的竹子漂亮不過一剎那，表示它們的生命走到了盡頭。剩下的只有枯萎。奇怪了，昨晚這些荊竹都還好好的，成片成片的冒著秋筍。他還盤算著讓自己的孫子採摘一些筍子拿來熬肉。

夜村地處深山，環境優美，常年低溫。這秋天的筍子最是美味。可怎麼一夜之間，筍子枯萎了，竹子也全開花了。

這可不是什麼好預兆。

「代族長，不好了，不好了。」一個叫三子兒的遠房親戚從遠處跑進了他的院子。看起來很著急，滿頭跑得都是汗水。

汗水滴滴答答地順著三子兒的臉上往下流淌，他也顧不上擦一把。不斷地喘著粗氣，記得想要說話，憋得臉通紅也沒有將話抖清楚。

三子兒二十來歲，正是娶媳婦的年紀，這傢伙歲數不大，人也沉穩。夜老六其實挺中意他。自從夜家老村長死後，按照村長遺囑以及祖上傳下來的規矩，夜不語那小子就成了夜村這一代的族長。

可是夜小子老在外邊晃悠，死都不回來。沒辦法，在夜村所有德高望重的村民以及李家和張家兩個附屬家族的推舉下，夜老六當了代族長一職，在夜不語回村之前，暫時代管夜村事宜。

但誰都知道，外邊的花花世界足以讓人迷眼，夜小子估計這輩子都不願意回來。當夜家的代族長可不是什麼好差事，也只有他夜老六這個和稀泥的人才轉得動。畢竟不是真正的族長，許多夜村歷代只有族長才知道的秘密，代族長不可能知道。只能在人情世故方面做圓滑點，處理些村裡的矛盾。

「別急，別急，喝口水。看把你給累的。有什麼事慢慢說。」夜老六遞給小三子一碗水。

小三子將水一飲而盡後，終於話順暢了：「不好了，代族長，一夜之間，村子裡所有的竹子都開花了。」

「所有的竹子？」夜老六臉上縱橫的皺紋頓時更深了。要說自己院子裡的竹子開花了，是壽命到了終點。但村子裡竹子多了去，品種也多達七八種，怎麼可能一夜之間全都開花？他心裡沉甸甸的，不祥的預感更加強烈了。

「對，所有竹子。而且有的竹子上還長出了許多奇怪的果子，有大有小。全村都有些害怕。」小三子道。

「竹子結果實？」夜老六眨巴了下眼睛。他這輩子活得老長了，竹子開花見過幾次。但是從來沒有見過竹子結果。倒是小時候，聽自己的爺爺說過。

夜村地傑人靈，水土肥沃。一般竹子不會開花，只會到年齡後自己枯萎倒塌。這是生命的輪迴，誰也阻止不了。可是在夜村的歷史上，確實有一次，全村的竹子都開始結果。族譜裡就有記載。

那一次大約發生在一千年前，夜村天空的陽氣上升，地中的陰氣下降導致天地不通。一夜之間，夜村萬物生機盡失，天地閉塞而轉入陰陽失調，血色黃昏。夜村的莊稼全部死光，夜村的人逐漸開始生病，又餓又餓又病，病死餓死了不少人。夜村的祖宗們，險些遭到沒頂之災。

難道，一千年後，同樣的災難會再次出現在夜村的頭頂？

夜老六打了個寒顫，他下意識地看著早晨的太陽。日頭還隱藏在東邊的山頭下方，不甚明亮的朝陽染紅了天邊的雲彩，絢麗的雲彩點綴的山澗絕麗無比。看不出來隱藏著什麼危機。

但是夜老六的心臟始終像是被什麼捏著般難受，用手揉了揉後，他對小三子說：「帶我去結果的那片竹林看看。」

小三子帶夜老六走出了小院，朝夜村出口方向的那一片竹海走去。剛走到最邊緣的竹子前，夜老六就倒吸了一口氣。圍在竹子旁的人密密麻麻，夜村許多人都看稀奇地湧了過來。有人眼尖，看代族長來了，連忙讓出一條路給夜老六通行。

夜老六用拐杖重重地磕了磕地：「都圍著幹嘛，不做事了？」

「我們這不是頭一次見竹子開花嗎？」幾個小輩笑嘻嘻地轉著腦袋越過人群朝裡張望。大家有說有笑，猶如過年般熱鬧。不過上了年紀的夜村人，顯然都聽過老一輩憶苦思甜，聽說過夜村千年前竹子結果的災難，大多愁眉不展。

「夜老六，你來看看，這竹子果實有點不對勁兒。」夜老五面容很難看：「我也算見過世面的，在外邊走南闖北幾十年。竹子開花結果都見過。但是咱們夜村竹子上的果實，太怪了。」

說著，夜老五打了個哆嗦。他覺得從心底深處透著一股冰涼。整個夜村，彷彿隨著竹子一夜結果後，變得有些不一樣了。

夜老六作為代族長，自然有他的威嚴。他木著臉，一聲不哼地走到人群最前方，看著竹海裡的竹子。這片竹林綿延不斷，一直蜿蜒到另外一座山頭。大約十幾公里地全都是竹子，一般夜村蓋大大小小的建築，也用慣了竹子。

對從小就開始幫家裡編竹簍的夜老六而言，竹子實在是太熟悉了。但當他的視線接觸到一棵長滿果子的竹子時，整個人都一愣。

這他媽的真的還是竹子？竹林邊緣的竹子葉子掉得很嚴重，焦黃的竹葉上甚至還點綴著黑色斑點。竹子下端的竹枝也逐漸枯萎，情況比他家的莿竹嚴重得多。淺黃的竹子花像是一顆顆裂開的豆莢，裡邊是透明的膜。凋謝的竹花前端，長了少量的指甲大小的竹果。

一個小夥子埋頭用手機搜索網頁，讀道：「竹子的果實，也叫竹實。因竹子的品種不同，果實也有不同的大小。一般長相細小，像米粒。不同種類竹子開花結果週期不同，有十年、五十年、六十年甚至一百二十年的。傳說中竹實是鳳凰的食物。竹子結果後，並不一定會死亡。」

小夥子講解完後，雀躍道：「耶，網上說這些竹果可以吃，像是米一樣蒸煮後，味道好得很。今晚咱們可以大塊朵頤吃稀奇貨。」

「不過，你搜尋到的照片裡，竹子的果實和咱們村長的不一樣。不是青色就是灰白色的，顆粒確實像是米。但你看眼前的竹實，全它奶奶黑的，一看就透著不吉利。」小夥子的朋友指著竹實道。

夜村一夜之間竹子上結出來的果子，彷彿只花了幾個小時就抽走竹子母株內所有的生命力。最特別的是，越是朝著村口長的竹子，果實就越大，顏色就越黑。在視線盡頭的竹林深處，甚至能看到拳頭大的漆黑果實。雖然沒味道，但光是看看都覺得詭異。

夜老六心裡一跳，他伸長脖子，用昏花的老眼看向了出村唯一的道路上。順著這條路走，不太遠，就有一個小鎮。現在這世道，想要真正的與世隔絕，基本上不可能的。夜村雖然至今還保持著相對封閉的狀態，但村子裡仍舊接了電和自來水，甚至走到村口，還能連上 4G 網路。

可不知為何，今天他往村口望時，心臟壓抑得很，「總覺得要出什麼大事。夜老五，你有沒有看出來，這些竹子是由外往內爛掉的？」

竹林蔓延到村外的地方，竹葉越是黑得厲害，成片成片的朽爛，若是有一陣稍微大點的風吹過，恐怕都會將外側的竹林吹倒。這有點說不通，難道外界出了什麼事不成？

「要不派人出去看看？」夜老五問。

代族長夜老六用力點頭，「三子兒腿腳快，我讓他帶幾個年輕輩的一起順著路去鎮上瞅瞅情況。這些腐朽的竹子，不應該同時爛。就算是染病了，也沒那麼快。咳咳，一夜之間，太快了。」

夜老六咳嗽幾聲，吩咐三子兒選人去鎮上。年輕人都喜歡去鎮裡玩，在一堆傢伙的叫囂和毛遂自薦中，三子兒叫上四個自己要好的朋友，朝村外出發。

看著五個小輩消失在路的盡頭，夜老六心裡的不安感，更加鋪天蓋地地湧上來。希望不要出事才好。他摘了幾個還算中等的竹實，準備拿回去研究，便驅散了村民，讓他們回去各幹各的活。村民們交頭接耳，慢慢吞吞地逐漸離開。

沒等夜老六研究出個什麼名堂，已經日上三竿了。太陽正常升起，但是今早的陽光有些陰冷，像是空氣裡飄著什麼東西，將陽光稍稍擋住了。夜老六的老婆煮飯的時候偶然朝窗外望了一眼，頓時嚇了一跳。

「老頭子，你快看外邊。」他老婆使勁兒地叫著。

夜老六連忙順著窗戶玻璃望出去，不由得呆了呆。什麼時候起霧的？一團團的霧氣盤繞在院子裡，不算厚，可是能見度卻已經不足一百公尺了。山裡頭大早上的起霧很正常，但是沒聽說過豔陽天中午還有霧的。

他拄著拐杖跑到了門外，吸了一口霧就連著咳嗽了好幾聲。不對，這不是霧。霧沒有那麼嗆人的。吸進去，肺似乎都要堵住了，難受得很。夜老六打了個冷顫，用袖子口捂住嘴鼻。他的家地處高處，可以看得比較遠。

一百公尺外的景象，看不真切。但是這大中午的霧顯然並不簡單，說是霧，不如說是 PM2.5 濃度超高的重度霧霾。

這突如其來的霧也令村民不安起來。夜家、李家和張家，三家長老很快就聚集到了祠堂，商量到底是怎麼回事。夜老六吩咐各村民最好待在家裡，關好門窗，儘量不要暴露在霧氣中。因為這霧，雖無色無味，但吸進去顯然也不是什麼好事。

沒等十多個長老商量出結果，就聽到夜村外傳來了一陣哭天喊地的慘號聲。哭聲由遠至近，連帶著一連串急促的敲門。

「怎麼回事？」將門打開，夜老六一怔，來的是他兒子夜聰。這個平時沉穩的中年男子滿臉焦急和恐懼。

「爹，李楊死了。」夜聰大聲說。

「李楊是誰？」

一旁的李家族長臉色發白：「那是我三兒子。今早他還跟我一起吃飯，那時候還好好的，怎麼死了？」

他覺得是不是哪裡搞錯了，但回頭一琢磨，祠堂外的哭聲怎麼聽怎麼耳熟。像是自己的三媳婦。三媳婦在哭，難不成自己的兒子真的死了？想到這，李家老族長差點沒癱軟在地，臉上縱橫交錯的皺紋更深了。

「快，帶我去看。」

夜村三個家族的長老都急急忙忙地朝哭聲來源處趕去。當看到屍體時，李家族長頓時痛哭不已。

死的，果然是自己的三兒子。

夜老六屏著一口氣，連忙問情況。終於在哭哭啼啼的李楊老婆，以及眾人的解釋下，聽明白了。

這一聽，就讓他起了一身的雞皮疙瘩。

李楊死得很慘，早晨還好好的，但是中午和大伙吃了飯後，老是說自己胸悶，就回房間裡睡了一會兒。直到自己的婆娘周燕進了屋子，起初他婆娘還以為哪裡漏水了。屋裡黑乎乎的，拉著窗簾，沒開燈。

黑暗中，周燕摸了一手濕滑。李楊的女人沒反應過來，怕打擾他睡覺也沒開燈，就到床邊的櫃子裡找了一套衣服穿。就在這時，她老覺得聞到一股怪味，不由得暗罵自己當廚子的老公是不是偷了飯店的什麼肉帶回來給忘了，結果放爛了，臭味都透出來了。

隨手將濕滑的液體到處擦了擦，周燕拉開門走了出去。洗手的時候，突然發現水池裡泛起了一層紅暈，仔細看了看，那層紅很怪異，像是顏料。

「誰把顏料掃水缸裡，缺德啊。」李燕氣惱地衝周圍人罵道，這一罵就引起了別人的注意。看到她的人突然指著她的身上和臉，驚呆了。

「看我幹嘛，我臉上又沒長花。」周燕奇怪道。怎麼所有人都在看她的臉？

「妳的身上，還有妳的臉，到底是怎麼回事？」終於有人緩過氣，用乾癟的語氣，緊張地問。

周燕疑惑地低頭看了一眼，頓時嚇得險些暈過去。只見她的衣服上和臉上，全被塗上了紅色，詭異的殷紅，顯眼得很。

眾人中有機靈的跑進她的臥室看了幾眼，出來後面無血色地喊道：「糟糕，李楊他，李楊他沒氣了！」

「怎麼可能！」李家大院裡的人大驚，紛紛走出來看究竟。就連不遠處幹活的夜聽也被驚動了。他為人沉穩，在村子裡的風評很好，頗有些威望。

夜聽鐵青著臉連忙將門大打開，只見李楊橫屍床上。他死得很古怪，通體沒有任何傷痕，就是肚子鼓脹得厲害。比懷孕婆的肚子還大，剝開單薄的衣服，甚至還能看到肚皮上青筋暴露，血管裡的血漿糊似的，已經變了顏色。

血，居然變黑了！

夜老六聽完，沉默著，許久後才疲倦地揉了揉太陽穴，向夜聽吩咐：「打電話報警。」

「我試過了，電話沒信號，打不通。」夜聽說。

夜老六觀察了李楊的屍體好幾眼，突然道：「李楊死前，到底在哪裡，幹了什麼？」

這一說，頓時就有人記起來了。

「李楊家的田就在竹林邊上。」一個扛著鋤頭，牽著一頭耕牛的小夥子開口了，他同樣是李家人：「早上我還和他在一起。李楊看到竹子開花結果了，稀奇得很。就跑進林子裡瞎轉。沒過多久他就咳著出來了，手裡還抱著一捧還算青澀的果子。那些果子就和村口的竹果一個樣，只是沒有變黑。」

「李楊得意地跟我說，他年輕時去外邊見過別人吃竹果，可以生吃，大補之物。還叫我嘗一口。我沒敢嘗，他自己就找了塊石頭坐下，不亦樂乎地吃了起來。一邊吃一邊說好吃，像是在嚼肉，很有嚼勁還香甜多汁。我尋思著，會不會就是因為吃了竹果的關係，中毒了？」

夜老六沉默片刻，看著這越來越濃，彷彿空氣裡飄著無數黑點的大霧，用拐杖磕了磕地：「叫上村人集合，從老到小全集中到祠堂裡去。我有話說。」

他用渾濁的老眼再次抬頭看天，心中濃濃的不祥預感如同烏雲蓋頂，讓他難受到極點。夜村，怕是要變天了！

封閉的夜村還算相當傳統，代族長下令後，所有人放下手裡的活全湧入了祠堂中。夜村的祠堂很大，擠一擠的話，全村幾百口人還是容得下的。

「關門。」夜老六見人齊了，立刻讓人將門關上。厚重的兩扇大門，用的是上好的千年古樹，很多年沒有關閉過。幾個年輕人使出了吃奶的力氣，才將門徹底合攏。

祠堂裡供奉著歷代族長的牌位，細細數來，接近上百個。夜村擁有數千年的歷史，在這些歷史的大多數時間中，基本都是在與世隔絕自給自足中度過的。算起來真的被外界發現，也才不過區區幾十年而已。

這裡沒有犯罪，宗族約束著每個村民。

看到代族長走到了牌位下放的一個檯子上，所有村民都停止了喧鬧，自覺地閉上了嘴。今天的代族長，神情嚴肅，甚至透著一股恐懼。

「今天竹子結果了，那些竹實，還有誰吃過？」代族長問。

大家都搖頭，除了好奇心重的小孩外，誰會沒事找事跑去吃竹實，現在又不是貧寒年代大家都填不飽肚子。

「李族的李楊，今天中午死了。很有可能就是因為吃了竹實，被毒死的。沒別人吃過就好。」夜老六丟下了一個重磅消息。

頓時村民沸騰了起來。村裡許多年來除了自然死亡，第一次出現青壯年橫死。

「而且最怪的是，今天早上就出現的那些黑霧，似乎也把手機訊號遮蔽了。我們沒辦法和外界聯絡。」代族長皺了皺眉，今天發生了一連串的怪事，實在是太巧太詭異了。彷彿有一雙冥冥之手在牽引，想要將他們村裡所有人，都困死在村子中，無法通知外界，也無法離開。

「大家離那些竹子遠一些，從現在起，最好留在祠堂中。我早上就派了小三子他們出村去鎮上看看情況，現在應該也要回來了。」夜老六沉吟片刻，覺得不保險：「等一下，我再派多些人出去，探探這些霧是怎麼回事。是不是只有我們村子有。」

他雖然聽說過現在大城市裡因為污染的緣故，經常會出現重度霧霾，濃得見不到百米外的高樓。但那也只是大城市才有。夜村位於層疊的深山中，臨近的鎮子人口不多也沒有工業。哪來的霧霾？

難不成，真的是有人在搞鬼？這麼一想，夜老六下定了再派一些人去鎮上的決心。但是人選上，他有些猶豫。最終夜老六一咬牙，決定讓張怡領隊。

張怡是張家張主的女兒，今年二十來歲。夜家歷代的守護女都是在張家和李家中選出來的，選取的全是佼佼者。至於怎麼將選出來的女孩變為真正的守護女，這是夜族族長秘而不宣的機密。沒人知道。

這個張怡就是曾經的熱門人選，當初李夢月最不讓人看好。張怡的所有能力似乎都比李夢月強悍，但她卻輸了。無論如何，張怡的戰鬥力還不錯。在只有待選守護女才能進入的試煉場中，張怡雖然輸了，可一樣獲得了些許的力量。在李夢月離開夜村之後，她成為了夜村實際上的守護者。

一想到這代族長就覺得腦袋痛。夜家這一代的族長夜不語和守護女都任性得很，個性十足剛愎自用，翹家就不回來了。這怎麼得了，他這把老骨頭，撐不了幾年了。

「張怡，妳帶著夜聰和李博去一趟村外面瞅瞅。」夜老六吩咐道：「路上小心些。夜聰你不是買了一輛車嘛，開車去。這一路上恐怕會有些不太平。」

夜聰連忙道：「爸，你是說有人盯上我們夜村了？」

「不止，我怕是有人想將夜村趕盡殺絕。」夜老六嘆了口氣。

張怡清秀漂亮、充滿活力。哪怕是秋天，山裡的天氣冷，她依然只穿了一件黑色的T恤，一條短褲。她用紅繩紮著俐落的馬尾辮，面容冷漠，話不多。在她的腰間，別著一把從不離身的長刀。刀鞘古樸，寒光四射。光是看一眼都讓人覺得發冷。這刀是張家代代相傳的寶刀，據說削鐵如泥，本應該給歷代張家選出的守護女佩戴。但這幾年夜村的局勢危急，再加上守護女不在村內，寶刀就賜給了張怡。

聽到代族長的命令，張怡一聲不哼地點點頭，跟在夜聰和李博身後，走出了祠堂。三人來到祠堂不遠處的夜聰家後院，開著一輛嶄新的汽車碾過土路，朝村外行駛。土路崎嶇，一直穿行在山澗和山脊中。

張怡沒開過口，她側著腦袋一直在看窗外。漂亮的大眼睛上，微微捲曲的長睫毛不時抖動著，看著這黑霧，她的眼神裡蒙上了一層不安。

黑霧綿延不斷，如厚重棉被似的蓋在視線所及的空間內，也不知是從哪裡飄出來的。夜聽也覺得這霧很莫名其妙，保險起見，他將空調調成只在車內循環，儘量不讓車裡的人和外界空氣接觸。

離夜村最近的小鎮並不遠，山路大約五六公里罷了。正常走路一個半小時，開車只需要十來分鐘。可是當汽車行駛到一半的時候，在一塊山脊上，引擎突然發出了九旬老人喉嚨裡的濃痰咳不出來的嘶啞低吼，難聽至極。隨後車猛地抽搐了幾下，徹底停了下來。

拋錨了！

第九章 黑色霧霾

下午一點過，正是山上太陽正烈的時候。但是今天的山澗沒有陽光，抬頭，只能看到一輪暗紅色的紅點懸掛在深深高空。遠山矇矇朧朧，山上的樹影真的只剩下影子，清脆的綠隔著黑色霧霾，也變得陰森起來。

夜聰的新車拋錨在一片山脊上，山坡陡峭，就算是拉了手煞車，再用四顆石頭墊在車輪下方擋著，看上去都還有些危險。

空氣裡那黑色的霧霾中不知道有多少黑色顆粒漂浮，夜聰下車後特意戴了一個棉口罩。他趴在地上看了看車下方，排除底盤的問題後。這才掀開前引擎蓋往裡邊瞅。這個中年人不怎麼懂機械，扣了扣腦袋，看不出個所以然來，最後只能放棄了。

不多時李博和張怡也下了車。

李博從工具箱裡拿出一個大扳手，輕輕敲了敲汽車前緣。他以前曾經當過幾年的修理工，對機械還算是有些研究。夜聰和他不斷地用排除法排除可能故障的原因。

沒多久，故障終於找到了。夜聰深吸了一口涼氣：「怎麼回事，竟然是空氣過濾器被堵死了。這可是新車啊，買還不到兩個月。」

汽車空氣過濾器裝在引擎的進氣口位置，它能夠有效地過濾空氣中的灰塵雜質，使進入燃燒室的空氣純淨度大大增高，從而保證燃油充分燃燒。如果這東西被堵死，汽車引擎就沒辦法進氣，就如同人類無法呼吸似的，當然不可能再發動。

明明一輛新車，哪有可能將空氣過濾器損耗得那麼快？夜聰看著四周，猛地打了個冷顫。難道這也是那霧霾的緣故？汽車都能堵住，那人的呼吸道和肺部呢？在這個霧霾中待久了，會不會同樣出問題？

再看這霧氣，夜聰和李博的臉上同時掛上了一絲擔憂和驚恐。

張怡站在車前方，英姿颯爽。山澗的風大，但山風驅散不動霧霾，卻將女孩的長髮吹得飄起，更是顯得英氣十足。她被紅繩紮起的馬尾搖曳在風裡，她的手輕輕地握在了寶刀的手柄上。

看著這山中黑霧，張怡心裡有一股越發強烈的不祥預感。霧氣裡，彷彿遠遠不止有霧霾。還有什麼東西在蠢蠢欲動。

「車上的簡單工具不可能修得好空氣過濾器，咱們只能靠走的了。」李博將手裡的扳手扔回了工具箱中，嘆了口氣。離鎮上還有三公里山路，平時也不算難走，正常速度最多也就半個多小時。

「走。」張怡言簡意賅：「離我近些。」

聽到女孩難得說話，夜聽兩人都有些意外。張怡的話從來不多，每一次開口，都表示情況非常糟糕。難道這條山路上，還真有什麼致命的可怕危險不成？

三人綁著口罩，離得很近，緩緩朝山下走去。

霧，漸濃。很快三十公尺開外的樹木風景也只剩下了模糊的一片影，他們的視線所及之處，全是黑色霧霾。

對山裡人來說，山路再陡峭也不算難走。不過濃霧侷限了眼睛能看到的參照物，將人的感官壓縮到了極點。山坡不遠處就是千丈懸崖，非常危險。土路兩旁只有低矮蒿草，這些蒿草平時沒存在感，但一旦隱藏在霧中時，就露出了從未有過的猙獰。

蒿草擋住了懸崖的存在，只要一不小心走過了界，就會落下去屍骨無存。走了幾十年的出山路，在這一刻顯得無比陌生。整座山頭都潛伏在黑霧裡，靜謐無聲。就連蟲鳴鳥叫也消失得無影無蹤。

詭異的氣氛在流淌，越往前走，全身越是發涼。總感覺翻騰的黑色霧氣裡有什麼在窺視著他們，悄無聲息，不斷逼近。

又走了一段路，李博突然驚叫了一聲，他指著不遠處，整個人都在發抖：「那裡，有死人！」

三人連忙跑過去看。地上，果然散落著人的屍體。人數不少，這些人看起來都不太對勁兒了。一個個穿著黑色的古袍，袍子上繡著一隻奇怪的鳥。死去怪人們的屍體橫七豎八地倒在方圓一百多公尺的草叢中，身上沒有太明顯的傷痕。但是卻從七竅中流出黑血。

密密麻麻的屍體，稍微一清點，大概能數出六七十人之多。

張怡蹲下身，在其中一個怪人的身上摸了摸，漂亮的臉蛋一皺：「內臟被震破了，應該是昨晚死的。」

她又仔細觀察了一番，得出了結論：「殺他們的，是李夢月。」

李博和夜聰嚇了一大跳：「李家丫頭殺人了？怎麼辦，我們要報警嗎？」

和平年代死一個人都是天大的事情，更不要說死了接近七十個人。這些人真的都是李夢月殺的？她殺人幹嘛，簡直是瘋了。

「你們傻啊。」張怡橫了他們一眼：「李夢月在是保護我們。」

「但是殺了七十個人，她怎麼做到的？」雖然同屬於李家，但是夜村實在已經和平太久了。他們知道守護女很強大，但是究竟有多強大，並沒有概念。除了和李夢月一起爭奪過守護女之位的張怡之外。

至今，張怡也不認為自己比李夢月差。她輸了，但輸得並不心服口服。她輸在最後一刻，夜不語沒有選擇自己，而是選擇了一個並不如她的李夢月。夜家族長和夜家守護女同心同血，不被認可的守護女，是沒有辦法成為真正的守護女。

「或許，這些人，就是弄出黑霧，讓夜村竹子開花結果的幕後黑手。」張怡能爭奪守護女的位置，本身就很聰明。稍微一想就推理出了結果。

「那夢月丫頭哪兒去了？」李博轉頭在霧中亂看，他自然什麼也沒有發現。夢月和他是同輩，從小就美得令人窒息。對自己這個親戚，他一直都很畏懼。因為守護女身上的冷意，足以讓所有接近她的人從靈魂上就凍結。

這麼多年來，夢月丫頭，可能也就只對夜小子笑過幾次吧。這倆傢伙，都是怪胎。

「走快點。李夢月應該已經離開了夜村。」張怡輕聲道，她的本能一直告訴她，霧裡有危險，致命的危險。

「她既然都來了，幹嘛還離開。她是不是在怕什麼？」夜聽說了這麼一句自己都不信的話。夜家守護女從來沒有任何害怕的東西，人都被她殺光了，還有什麼好怕的。

沒想到張怡卻點頭：「她確實怕了。」

「啊。」李博和夜聽同時驚訝地張大了嘴巴，這句話太出人意料了。

張怡冷冷說道：「能讓李夢月害怕的從來只有一件事，夜不語，恐怕出了狀況，有危險。她走了，留下爛攤子，只能靠我們自己處理了。走吧，早點去鎮上。」

三人加快了腳步，身影被黑霧吞沒。走了幾步後，那密密麻麻的屍體，已經消失在了霧氣中。陰森的黑霧越是往前行，越是濃得看不清前路。不多時，頭頂的太陽就連影子也看不到了，投影下的陽光雖然還能將四周照亮，但是這些游離的明亮被黑色粒子吞沒，哪怕睜大了眼睛，也看不出多遠去。

很快，就變成了伸手仔細看才能看到自己五根手指的地步。哪裡是懸崖，哪裡是路，哪裡是上坡，哪裡是下坡，完全無法辨識了。

「我走最前邊，你們拉著我的衣角。不要走散了。」張怡開口道。他們三人像是在玩兒時開火車的遊戲，只是當時玩是為了開心。現在玩，是為了活命。

前進的速度慢到了極點，每走一步都會讓人後背發麻，生怕一腳踩下去，就是深邃的山崖。很快，夜聰和李博的額頭上就爬滿了冷汗。

「腳步跟上。」張怡冷冷說道。作為火車頭，她承受了最大的壓力。就在這時，李博的腳突然踩到了什麼軟綿綿的東西，身體失去平衡倒在地上。

不過是跌倒在地，在張怡和夜聰的視線中，他就彷彿落入了黑色的水中，整個身影都不見了。夜聰連忙伸手去撈他。而腦袋碰到了那軟綿綿東西的李博，終於看清楚自己踩到了什麼時，再次發出了刺耳的尖叫。

屍體，又是屍體。

可這一次的屍體不再是穿著古袍的怪人。這個人他認識！

正是早晨出發去鎮上到現在還沒有回去的小三子等人。他們，竟然全都死在了去小鎮的路上。不是說守護女李夢月已經將威脅夜村的古袍怪人全都殺死了嗎？那小三子他們又是被誰殺掉的？

張怡蹲下身也看到了小三子等人的屍體，她一聲不哼，還來不及檢查這些屍體，就猛地一抬手，將尖叫的李博的嘴巴捂住。

「噓。」收回手，張怡用手比劃了一個噤聲的手勢。另一隻手緩慢地伸向了自己腰間的刀鞘，纖細白皙的五根指頭，緊緊抓住了刀柄。

她的耳朵彷彿聽到了什麼聲音，張怡的長睫毛在黑霧中微微抖動了一下，隨即迅速將祖傳寶刀抽出，以閃電般的速度砍向右側三點鐘的方向。

只聽「鏜」的一聲金屬撞擊的巨大響聲。震得附近夜聽兩人耳膜都不斷地顫抖。刀，擊中了霧氣裡正準備攻擊他們的什麼東西。

「保護好自己。找掩護。」張怡吐出這麼一句話後，揮舞手中的寶刀，衝入了黑色濃霧中。夜聽兩人來不及反應，只看到寶刀的寒芒一閃而逝，留下那刺骨的鋒利。

叮叮噹噹的聲音從濃霧中不斷傳出，張怡那邊彷彿在激烈地戰鬥著。夜聽和李博兩個大男人縮著身體嚇得瑟瑟發抖。他們哪裡經歷過這種陣仗。危急在蔓延，身旁的危險難以預料，一個判斷失誤就會萬劫不復、死無葬身之地。

「夜哥，咱怎麼辦。」李博連聲音都在發抖。他感覺自己渾身上下不停地冒冷汗。每一個毛孔，都在陰森霧氣裡，嗅到了死亡的氣息。

「還能怎麼辦，儘量保護自己。」夜聽強自鎮定，在地上摸索了一陣子，找到了兩根比較粗的樹枝，遞給李博一根：「我們背對背，仔細看這些霧。如果有什麼要攻擊過來，應該會將霧攪動，哪裡的霧只要一動，我們就先攻擊。」

李博也沒什麼辦法，只好和夜聽兩人背靠著背，一眨不眨地各自監視一百八十度視角。濃霧裡有致命的東西潛伏著，小三子等人恐怕就是死在了它們的攻擊中。李博一想到這，雙手就不停地打顫。他只是一個普通人，和李夢月沒法比，甚至都遠遠比不上張怡。自己怎麼就沒早點下決心，當初鐵了心地離開夜村去大城市打工，哪還遇得到這勞什子怪事。

這霧不簡單啊，絕對是人為的。代族長沒有猜錯，果然是有人想將夜村趕盡殺絕。他想不通，明明現代已經是法治社會了，怎麼還有人敢殺光一個村莊的人。他們就不怕王法嗎？

夜聽也很緊張，他上有老下有小，最近幾年好不容易手裡寬鬆點貸款買了一輛汽車。還有兩年多的貸款沒還完咧。婆娘孩子正是需要錢的時候，他真死在了荒郊野外，一家人就全完了。

他，不能死！

就在這時，夜聽和李博右側的霧氣被什麼東西攪動了。兩人下意識地舉起棒子用力敲了下去，黑色濃霧中那東西發出刺耳的叫聲，像是嚇了一跳般，又隱沒在霧裡。但是兩人能感覺得到，怪物並沒有走遠，一直在周圍繞圈，想要尋找到他們的弱點，一擊斃命。

「這次是左邊。」夜聽喊了一聲，兩根棍子再次打下去。說時遲那時快，只聽「嗤」一聲響，攻擊過去的棍子竟然被什麼剪斷了。兩人傻呆呆地看著只剩下三分之一長的樹枝，連忙扔掉，屁滾尿流地朝右邊一滾。

就在那瞬間，腦袋上晃過一道綠油油的巨大影子。貼著兩人的頭揮過，鋒利的影子竟然將他們不長的頭髮都削掉了好幾根。

夜聽兩人背脊發涼，驚慌不已，反應只要差那麼半秒鐘，他們的腦袋就沒了。霧裡的綠影，究竟是啥怪物？想破頭，他們都想不出來夜村附近的深山裡有什麼生物，那麼龐大，還是綠色的。

「不好。」夜聽大叫一聲，綠影逼近了，一襲綠色由遠至近，近到黑霧對視線的阻隔也失去了作用。攻擊過來的綠影子速度極快，朝他們直接揮舞而去。閃電般，以人類的速度根本無法躲避。

夜聽和李博心裡冰冷，同時湧上了一個念頭，這次死定了。

就在綠影快要接觸到兩人，剪斷他們脖子的一瞬間。一個黑影衝了過來，以迅雷不及掩耳的速度，擋在了他們跟前。隨著一聲嬌喝，白色的鋒利刀光在視線所及的空間中蔓延舒展，猶如無數閃電綻放，瞬間將綠影擋住。

張怡雙手握著祖傳寶刀，凜冽的冷意似乎將黑霧都驅散了些許。被攻擊個措手不及的綠影停頓了片刻，藉著這一剎那，夜聽兩人終於看到了隱藏在霧裡的怪物到底是什麼模樣。

這一眼，讓他們頓時傻了，一臉難以置信。

這他媽的在搞什麼？綠影居然是一隻螳螂，綠色的螳螂。螳螂大約有一百八十公分高，鋸齒狀折疊的前肢，每一根都閃爍著鋒利的光澤。它的兩隻複眼冰冷無比，不帶感情色彩地死盯著張怡。螳螂的智商不高，大部分的思考能力都在攻擊和捕食上。它安靜地站在霧中，沒有率先行動，而是尋找著張怡的破綻。

張怡也沒有動。螳螂的視覺範圍遠遠超出她，一旦攻擊，就肯定是有了十足的把握能擊中她的弱點。女孩非常冷靜，哪怕她這一輩子，其實也從沒遇到過這麼超越常識的事件。

她握著刀柄的手心裡，全是冷汗。

攻擊的機會不多，人類和昆蟲比視力甚至是體力，全都是弱勢。張怡必須要速戰速決，一旦拖成了消耗戰，她絕對會被拖死。

一人一蟲就這麼對視了三秒鐘。毫無預兆的，兩者都同時動了。巨大的綠色螳螂比張怡高了二十幾公分，它人立而起，用後腿拔高的時候，更是比她高了一公尺多。螳螂展開翅膀，鋸齒狀的前肢飛快地在空中交叉晃動，以迷惑人的各種刁鑽角度攻擊過來。身體藉著翅膀的動能，還在短距離中不斷地小幅度轉向。

夜聰兩人盯著螳螂，心裡恐懼到了極點。那一連串讓人頭暈目眩的動作，光是用看的都看不真切。這還怎麼打？

人類只靠自身的力量，從來都不是食物鏈的頂層。無論什麼昆蟲，如果真的和人類同樣大小，那不借助槍支，恐怕只能被當做食物捕食。

但也有例外。張怡怡然不懼，保持著鎮定。她漂亮的眼眸大大地睜開，眼珠骨碌碌地轉，捕捉著螳螂的行動。只聽「鐺」的一聲，她用力將刀揮出，險之又險地擋住了螳螂的左前肢。但是螳螂有兩隻前肢，它的右前肢也迅速地攻擊過來。

張怡立刻原地跳起，踩在螳螂後勁全失、暫時停滯的左前肢上，進行了二段跳躍。女孩整個人都拔高到了兩公尺開外，馬尾辮在風中搖晃不止。

「喝。」她低喝一聲，躲開右前肢，刀光閃爍，擊中了螳螂的脖子。螳螂的口器噴出一口綠色汁液，一道無聲的慘號衝入了空氣裡。

夜聰和李博哪怕聽不到慘號，也心驚肉跳，只覺得腦子裡漿糊似的難受得很。這是昆蟲發出的次聲波，一個和人類等身的昆蟲，發出的高頻聲音足以擾亂人的心智。

張怡握著刀的雙手一直很穩，她的寶刀鋒利，一擊就割開了螳螂的盔甲，割斷了那細細的不成比例的脖子。

巨大的螳螂轟然倒下，渾身都因為神經反射的緣故不斷抽搐著。

「得，得救了。」夜聰和張博一屁股坐在地上，喘著粗氣。他們雖然沒有直接戰鬥，但卻擔驚受怕到體力都透支了。正常人哪裡會想得到，早晨還悠悠閒閒地吃著早飯，和老婆說話逗著娃，下午出個不遠的門，就被一隻比人還高的螳螂襲擊了。這樣的經歷，一輩子來一次，也就夠了。

張怡看起來戰鬥得輕鬆，但是她卻在短短時間內榨乾了所有的體力，才能一氣呵成，將螳螂殺掉。現在的她狀況並不好，連刀都抓不穩了，只能勉勉強強地保持著站姿。

「走，快走。」她不敢休息，戰鬥的聲音雖然不大，但是誰知道會不會還有什麼其他的怪物。她實在沒力氣再戰鬥了。

三人想要儘快離開這裡。可是剛走沒幾步，卻全都呆愣在原地，渾身發抖，眼睛裡流露出絕望的神色。

他們看到了難以置信的恐怖一幕。

濃霧在翻滾，黑色的顆粒隨著霧氣翻湧而湧動。一股窸窸窣窣的聲音由遠而至，從濛濛霧氣中爬了過來。

比人高的螳螂、蜘蛛、蟑螂，密密麻麻地不知何時早已將張怡三人圍了個水泄不通，數量無法計數。他們三個手腳冰冷，瞪大了眼。

霧氣漸濃，隱藏的全是冰冷的殺意和無望。

第十章 古村危局

張怡吃力的用刀撐著身體，用發抖的雙腳站起身。她冰冷的眸子看著黑霧裡距離不遠的無數和人類等身的昆蟲，實在想不通自己住了許多年的夜村，為什麼突然冒出了如此多的怪物。

以昆蟲的骨骼和結構，在地球現有的氧氣環境下，想要長到和人差不多大，根本是不可能的事。既不符合物質守恆定律，也不符合結構學。唯一的可能是，這些昆蟲怪，全是哪些人，用超自然手段培養出來的。

生死危機一線，張怡也不再做多餘的揣測。她想要努力活下去，就只能榨乾身體的所有潛能，在這裡突破極限。其實她清楚得很，哪怕真的突破了極限，活下去的希望也渺茫得很。

真正的守護女，李夢月那傢伙在她的處境中，究竟會怎麼做呢？

張怡用力甩腦袋，雖然她不甘心，但這個女孩很清楚。哪怕來的昆蟲怪物再多，恐怕守護女也毫不畏縮。憑著她那雙肉拳，能將一切陰謀擊碎。或許這就是十多年前，即使李夢月比自己弱，也能擊垮自己的原因。

李夢月從心到靈魂，從來都只牽掛在夜不語身上。所以，只要是為了保護夜不語，只要是待在夜不語身旁。她就戰無不勝。

「我也不能，被她甩開太遠了。」張怡冷哼一聲，在夜聽和李博的絕望中，雙手握緊刀柄，向鱗次櫛比、密不透風的變異昆蟲們衝去。

一隻黑漆漆的蟑螂搖擺著兩根觸鬚，鞭子似的向她抽過來。她用刀將觸鬚擋住，虎口巨震，刀險些從手中脫落。

「滾開！」張怡大喝著，迅速揮刀，只見無數鋒利的寒光閃過，在蟑螂漆黑的光滑身軀上留下了許多道傷口。

寶刀雖然鋒利，但是她實在是沒有力氣了。每一道傷口也僅僅只是割開了蟑螂的外殼，並沒有傷及內部。哪怕是再小的蟑螂，都會引起人類本能的反感。那是人類對致病細菌密集的生物從靈魂上的排斥。小蟑螂已經夠噁心了，而這隻蟑螂放大了數百倍，噁心的程度也陡然增加了數百倍。

牠的口器不斷地蠕動，眼看就要撲上來，將張怡撕咬成碎塊。張怡臉色煞白地閉上了眼，生命的最後一刻，她百感交集，腦子裡閃過亂七八糟的回憶。就在這時，遠處傳來了一聲槍響。

近在咫尺的蟑螂被槍擊中，吃痛的牠憤怒地放棄了繼續攻擊張怡，轉頭朝霧氣深處開槍的方向衝去。

無數昆蟲開始翻湧，如攪動的水，用極快的速度衝向開槍的神秘人。槍聲不止一處，開槍的人有好幾個。劈裡啪啦彷彿新年的爆竹，不時有子彈帶著火光劃破死寂的霧，將那黑霧驅散。

黑霧濃烈，很快昆蟲就全都從張怡他們身旁撤離，他們聽得到密集的槍聲，昆蟲們死亡的哀號，以及幾個人由遠至近的喊話聲。魔幻的一幕，令三人腦袋空白，恍惚覺得自己已經不像是在地球了。

隔了很長的一段時間後，霧氣深處的動靜才趨於平淡。有六個身影從濃霧中走了過來，並在他們面前停下。看著這六個古怪的組合，張怡瞪大了眼，完全不敢相信自己見到了什麼。

明明在這個禁槍的國家還能擁有槍支，打出去的子彈也不少。在張怡的內心深處還在幻想，是不是夜村的變異狀況被國家知道了，派了軍隊來救援。可眼前的這六個人，是什麼情況？

只見這六人三男兩女，還有個十一二歲的小蘿莉。當頭一個男的，大約三十來歲，是個帥大叔，嘴邊甚至還留著些鬍碴子。他拿著一桿不算短的槍。具體什麼型號，張怡這個槍支白癡，完全看不出來。

大叔身後站著一位漂亮的御姐，同樣拿著槍。她的眼神凌厲，臉上帶著一絲凝重。身後是另一個長相標緻的女孩，大約二十來歲。黑長直的頭髮隨便紮在身後都顯得非常好看。長睫毛，大眼睛，皮膚白皙。在張怡見過的女生當中，這女孩恐怕只比絕美的守護女李夢月差那麼一小點。

還有一個男子，長相平凡，但是身體裡有一股怪力。當大叔和御姐在朝霧中射擊的時候，他還不時竄入霧裡，手腳靈敏，一跳就是兩公尺多。矯健的雙腿在空中舞動，所有被踢中的昆蟲都被他踢回了霧中，就算不死也受了重傷。

如果說這四個人還算正常的，那麼剩下兩人，張怡就有些看不懂了。那個可愛烏黑的長髮披在肩頭，身上揹了一個毛茸茸的卡通背包，大眼睛半瞇著，像是沒有睡醒的模樣的小蘿莉。羊脂般光滑的臉上，一雙黑漆漆的眸子注意到張怡的視線，轉過頭來對她甜甜地笑著，露出一對粉嫩的小酒窩。可小蘿莉看她的眼睛裡全是狡黠的光芒，古靈精怪得很。

最後一個人更奇特，他媽的居然是一個穿著金色道袍的中年道士，臉上甚至還有幾道刀疤。這六個人的古怪組合，在這麼個特殊的時刻跑到夜村來，到底有什麼目的？他們和這黑霧，這些變異昆蟲之間，有沒有關聯？

一連串的疑惑盤踞在張怡腦海，她咬著嘴唇，沒有問出口。拿槍的幾人打死了一大批昆蟲怪，但有更多的變異昆蟲前仆後繼，連綿不絕地撲上來。打都打不完。沒多久幾個人的子彈就不夠用了。

「齊陽，老娘扛不住了。只剩一個彈夾，那些該死的蟲子還有多少？」御姐將最後一個彈夾塞進槍裡。

「等等，我去看看。」

讓人大跌眼鏡的是，那叫齊陽的傢伙竟然悶頭悶腦地真的衝入霧中一段距離跑去數昆蟲。隔了接近半分鐘，他毫髮無損地又跑了回來，臉色有些糟糕：「芷顏姐，有點不妙，我完全數不清。我找了一棵樹爬上去，從高處雖然看不太真切，不過那些昆蟲像是曬穀子的打穀場，根本不用認真數，累死我們都殺不完。還是趕緊逃進夜村吧。」

「叫你不要叫我姐，我哪裡像你姐了？」叫芷顏的御姐關注的點很詭異，形勢這麼棘手了，還在在乎自己的年齡：「喂！老楊，小夜你真的聯絡不到嗎？」

「沒辦法聯絡，他不知道死哪裡去了。不過以他的頭腦，肯定會想到夜村會遭鬼教襲擊，到時候他一定會帶著夢月大姐頭和我們匯合。」叫老楊的人一手拿槍，空著的另一隻手從懷裡掏出菸盒，用嘴巴叼了一根菸後點燃，深深抽了好幾下。

槍口冒的煙，他嘴裡噴出的煙和周圍濃濃的黑霧融在一起，令脫力的張怡暈頭轉向。這些人嘴裡的小夜，應該就是夜家現任的族長夜不語。他們認識夜不語，也認識守護女。

聽語氣，甚至還是他們的朋友。

那他們，應該不是敵人。這些黑霧以及昆蟲怪，是他們口中叫什麼鬼教的玩意兒放出來的？鬼教，為什麼要攻擊夜村？這一點，張怡還沒想明白。

穿著道袍的中年道士雙手夾著幾張符紙，開口道：「這些怪物本就是陰教用秘法製作出來的，殺之不盡，不知道他們弄了多少。很多深藏在世俗中的勢力，都被他們用這種蟲海戰術消滅了。我用鬼門道法展開一道結界，咱們趕緊離開這些詭異的霧。不然再多的力氣都會被蟲子給磨死！」

說完道士口中唸唸有詞，將手中的符紙一扔，就見到那幾張紙符無風自燃，緩緩地飄到了空中，一道金色光芒閃過。幾人的前方彷彿憑空出現了一道透明的能量屏障，剛剛還不斷湧過來的蟲子紛紛撞在了無形屏障上，一時間再也無法靠近。

「各位動作快一些，我的鬼門結界支撐不了多久。」道士說道。

老楊這才有空看倒的倒，坐的坐的張怡三人，他露出了一個自認為有親和力的笑容，開口說：「小妹妹，妳是從夜村出來的吧？我老遠看到妳耍刀，身手不錯。」

「對了，我叫楊俊飛。背後那御姐叫林芷顏。再後邊那小美女是你們族裡夜不語的紅顏知己，黎諾依。小蘿莉叫妞妞，沒事妳別招惹她，她腹黑得很。惹到了她，妳的祖宗十八代加上洗澡上廁所的私密畫面都會被她放到網路上直播。」楊俊飛簡短的介紹道。

「那刀疤臉老道士自稱游某人，是夜不語小子朋友的父親。大力男叫齊陽。麻煩妳快帶我們去夜村，我們有事想要見夜族長。」

張怡沉默了片刻：「老族長已經死了，現在的族長，本來應該是夜不語……」

「我呿。」林芷顏張口就想飆髒話，為了維持淑女形象，忍住了：「夜小子多久沒回去過了，他八成也不清楚自己已經成了族長。」

張怡再次沉默。雖然夜家也派人出去找過夜不語和李夢月，但是守護女是真的失蹤了好一段時間。夜不語的行蹤也很詭異，似乎也沒收到通知。不過這並不重要，重要的是，夜村到底陷入了什麼陰謀中？那個鬼教為什麼用黑霧封路，要殺光所有想要從夜村離開的人？

「快撐不住了，你們快點。」刀疤道士臉色一白，那幾張浮在空中的紙符，火焰黯淡了許多，像是隨時都會熄滅。

「長話短說，咱們趕緊走。」楊俊飛手一揮，率先朝山上走去。

叫黎諾依的女孩笑咪咪地將張怡扶起來，撐著她向前走。夜聰和李博沒什麼大礙，就是驚嚇過度，緩了緩也跟著過來了。一眾九人，順著張怡他們來時的路往夜村前進。

「戴上，這黑霾少吸一點好。」黎諾依拿出一個防霧霾口罩細心地幫張怡戴上，自己也戴了一個。嘴被蒙住的她露出兩個漂亮的圓眼睛，顯得更加的清純美麗。張怡不時打量她幾眼，心裡充滿了好奇。

她可不傻，守護女看起來雲淡風輕冰冷絕麗，其實佔有欲強得很，一直將自己的主人當做自己的私人物品。紅顏知己對一個男性而言的意義不難猜測。夜不語也能有紅顏知己？這個清清秀秀的女孩，怎麼活到現在的？

用現代的術語來說，李夢月就是有人格障礙缺陷的偏執狂，她有多麼愛自己的主人，力量就有多大。如此主觀的力量，幾乎是無極限的。難道這柔弱的黎諾依，也擁有不輸李夢月的力量不成？

黎諾依被她怪怪的視線看得渾身不舒服，淺淺一笑後，開始不斷詢問關於夜不語小時候的事情。作為守護女曾經的候選人之一，張怡對夜不語的許多事都很瞭解。但，那全僅只在六歲之前。

於是隨便說了些夜不語小時候的趣事和糗事，說著說著，不知何時竟然已經淚流滿面。張怡愣了，擦著自己不停湧出的眼淚，哭得稀裡嘩啦止都止不住。黎諾依嘆了口氣，摸了摸她的腦袋，不再說話。

小夜，你在哪裡？我想你了，好想，好想……

黎諾依望著這看不盡的黑霧遮蓋住的天穹，視線裡全是想念。這個從來都堅強的女孩，內心浮上一絲苦澀。她和夜不語聚少離多，女孩從沒想過，愛一個人，可以這麼難，這麼苦。甚至無法大聲將愛，說出口。

這次事件過後，無論如何，她都不要再離開他身旁，一步都不行。清麗的女孩摸了摸自己被風吹起的髮絲，暗暗下了個決心。他被守護女愛著又如何，他和李夢月的命運在一起又怎樣，自己對他的愛，絕不比李夢月少。實在不行，她就死皮賴臉拖著他移民到非洲去。不是有些國家，允許娶兩個妻子嗎？

一路上，黎諾依和被她扶著的張怡很有默契地沒有再開腔。

黑霧還在持續著變濃，刀疤道士聳動鼻子聞了聞氣味：「趕來夜村的鬼門教徒又增加了。」

「大叔，你這樣都聞得出來？屬狗的啊，不對，狗可聞不出來有多少人。」李博得救後，很快和道士混熟，說話也不經過大腦了。

刀疤道士嘿嘿笑兩聲：「我暗地裡調查鬼教和陰教二十多年了，為了不連累家人，二十多年都沒敢回過家。家人恐怕早以為我死了。你說我都這麼努力了，哪還搞不清鬼教門徒的道行。」

「游道，你的法術沒搞頭了，那些蟲子追來了。」林芷顏對著再次衝來的各種巨大蟲子掃了一彈夾的子彈，還沒打過癮，槍身已經傳來了噻噻的聲響。徹底沒子彈了。

她望向楊俊飛，社長聳了聳肩膀：「別指望我，我也沒子彈了。肉搏吧。」

說著他從背後行囊裡抽出兩把鋒利的軍刀，扔了一把給御姐林芷顏。妞妞嘟著嘴抱怨道：「蟲子好噁心，要不給我一點時間，我用電腦連接衛星，控制最近的軍事基地發導彈把牠們全部炸平。」

楊俊飛臉色都變了，連忙擺手：「別了姑奶奶，當心妳沒把鬼教幹掉，結果引起第三次世界大戰，先把人類滅亡了。」

妞妞訕訕道：「開個玩笑的嘛，那麼認真，真沒趣。還是和夜哥哥一起比較好玩。」

這小蘿莉臉上，可一點都沒有開玩笑的模樣。

張怡一腦袋黑線，這些傢伙都是什麼人，張口閉口又是導彈又是衛星的，一對比，拿著槍這件事似乎都變得合理到能夠接受了。

「我也來幫忙。」她感覺自己恢復了一些力氣，雙手握刀，和帥大叔以及御姐衝入了霧中，將一隻又一隻變異昆蟲消滅。團隊合作再加上一旁不斷丟紙符耍陰招的陰險道士，消滅起怪蟲來比單打獨鬥輕鬆很多。

不知道殺了多少蟲子，他們一行人且戰且退，打得快要崩潰了。夜村的歸路不過幾公里，足足用了兩個小時，終於才看到連綿不絕的竹林。穿過竹林後，黑霧變薄了，甚至能看到百公尺外的景象。

再往後退了一段路，就在所有人都接近體力殆盡的時候，霧氣終於薄得能見到通往夜村的蜿蜒小路，甚至能看到最近的一棟房子。黑霧不光是怪蟲的保護傘，還似乎是牠們變異的關鍵力量。

霧越單薄，撲出來的怪蟲就越少。當他們徹底擺脫黑霧時，所有追來的蟲子都消失得無影無蹤，牠們離不開霧，猶如魚不能離開水一般。看著那近在咫尺的翻滾霧氣，簡直像是一場惡夢。可張怡身上累到極限的脫力感，揮刀過度用力而紅腫的雙掌，無一不在告訴她，夜村仍舊在被危機蠶食、逼近。

濃霧，遲早會將夜村這最後一點安全所在吞掉。那時候所有人都將不再安全，徹底暴露在怪蟲的捕食範圍中。

楊俊飛一夥人顧不上風度，橫七豎八地累到倒在地上不斷大口喘氣。不多時，這些古怪的外村人就被黑霧弄得神經緊張的夜村村民發現，代族長夜老六連忙趕了過來。

「老爺子，你就是代理族長吧？」楊俊飛連忙爬起來，他記性好，許多年前來夜村時還和這老頭見過面。當時，這老爺子就站在去世的夜家老族長背後，身分比較高。

夜老六也還記得楊俊飛和林芷顏，顧不上話家常，兩人互相將現狀簡短地說了一遍。夜老六摸著自己花白的鬍子，久久不語，好半天才開口：「楊兄弟的意思是，夜小子對鬼教的事早有準備，讓你們見情況不妙馬上就趕來夜村會合？」

楊俊飛點點頭：「小夜早幾年就感覺有一股強大的勢力在窺視他，暗中不知道圖謀什麼。所以他佈置了一些後手，要我把倉庫裡的東西逐漸移走。可能再不久，他就會回來了。」

「回來就好，能回來就好。」夜老六嘆了口氣，夜家的秘密只有真正的現任夜家族長才能知道。他畢竟只是個普通人，在消息不對等的情況下，擁有的僅是深深的無力感。

代族長把楊俊飛一行人安頓好。妞妞將自己帶來的電子設備找了一間空屋架設起來，準備監視鬼教的一舉一動。來的路上，她差使楊俊飛佈置了大量隱蔽的針孔監視器和感測器。鬼教門徒一旦進入她的監控範圍，只要用了現代的通訊設備，妞妞就能監視他們的一舉一動，偷聽他們的交流。甚至擾亂他們的計畫。

在電子世界中，妞妞幾乎是無敵的存在。

林芷顏和刀疤道士也沒閒著，繞著夜村佈置機關。道士肉痛地把好幾十張鬼門符貼在了樹上，阻擋濃霧入侵。而林芷顏按對角線將幾個從倉庫裡移出來的超自然物件埋入地下。

有了奇物和鬼門符的雙重阻隔，濃霧朝內移動的速度緩慢了許多。整個夜村猶如浸入水中的小小氣泡，還保留著最終的平靜。

但這平靜實在太脆弱了，死亡的氣息始終縈繞在村子裡，流淌在每個人的心中。沒有人知道，暫時保持著平衡的小氣泡，會不會在鬼教的下一步行動中，突然被戳破。到時候沒有自保能力的普通村民，會怎樣？

或許結局，並不那麼難猜測。

黎諾依大大的眼睛一直望著村口方向，她穿著一襲白色的裙子，外面披著薄薄的黑色小外套。結界封閉了夜村，也阻止了空氣的流動。她的長髮紋絲不動，眉目盼盼，希望看到那魂牽夢縈的身影，從濃霧中走出，摸摸她的小腦袋，抱抱她。

「去休息一下吧。」張怡走過去，她看著黎諾依完美的側顏上那絲擔心的神色，總覺得看到了自己的影子。這柔柔弱弱的女孩，天知道一直都在承受著怎樣糾結的感情疼痛。

黎諾依轉頭，對張怡輕輕笑了一下，突然道：「小時候，我最喜歡看西遊記了。西遊記有九九八十一難，其中八十難都留給了猴子。但唯獨女兒國這一難，給了唐僧。」

「那時，覺得女兒國是最好過的關，甚至有點無聊，都沒厲害的妖怪。長大了才知道，女兒國是最難過的關，情關難過，這一關過得撕心裂肺，過得肝腸寸斷。可哪怕這樣，也永遠都不清楚，自己的付出，究竟有沒有結果。」

黎諾依摸了摸張怡的頭：「妳這麼多年，過得也很苦，對吧。妳和我一樣，都喜歡夜不語，對吧？」

堅強的張怡，突然又淚流滿面。怎麼可能不喜歡，作為守護女，哪怕僅僅只是作為守護女候選人，哪有不喜歡自己主人的。對啊，張怡突然明白自己為什麼恨李夢月了。不是因為她贏了自己，不是因為她成了夜家的守護神。

完全是因為，她從自己手中，將主人搶走了。

張怡看到了自己的懦弱，但是同樣的懦弱，卻從沒有在絕美的黎諾依臉上出現。她的精神堅毅無比，對主人的感情，從來沒有一絲疑惑一絲懷疑，更不會退縮。或許這就是弱小的她，卻能面對強大的李夢月寸步不讓，甚至爭下一席之地的原因。

濃霧在結界外翻湧，猶如切割世界的苦澀海洋。湧動在內部的昆蟲和鬼教門徒，在暗地裡集中力量，策劃著更可怕的陰謀。唯有黎諾依不在乎。

她甚至不在乎生死，她只在乎，自己愛的人，會在哪一個瞬間，從濃霧中踏出。就在這時，突然張怡看到，一直輕輕皺眉的黎諾依笑了。

第一次笑的那麼甜，那麼美。

湧動的濃霧被撕開了一個口子，四個人影從缺口中走了進來。

夜不語，回來了！

第十一章 荒村禁地

秋日的落葉鋪了一地，遠山隱沒在黑霧中，那危險中卻染上了一絲淒涼的美。黎諾依的眼裡只剩下那穿著一身簡單黑色裝扮的男子，他穿過濃霧，腳踩著厚厚落葉。

他看到了她。

他在對她笑。

「諾依，辛苦妳了。」風塵僕僕的夜不語走上前，摸了摸黎諾依的腦袋。她輕輕挪動頭，用烏黑的柔軟髮絲磨蹭他的手心。心裡萬千情緒，在這一刻，都化為了平平淡淡的幸福。

夜不語身後跟著一襲白衣的守護女李夢月，陸平的女兒鹿筱筱以及女道士游雨靈。特別是遊雨靈，一看到刀疤道士就「哇」的一聲哭出來，撲了過去。時隔二十年，父女相見的場面，讓人落淚。

「游雨靈的父親什麼時候找上你們的？」夜不語問黎諾依。

黎諾依還沉溺在溫馨中，好一會兒才愣愣道：「不是你讓他來找我們的嗎？」

夜不語瞇了瞇眼，他在陷入306凶間時空亂流的時候，遇到過游父，離開前確實隱晦地塞了一張紙條給他。上邊挑著情況寫了些資訊，讓他在不得已的情況下，就去加拿大某個地方尋找老男人楊俊飛。

沒想到所有事情都湊到了一起。

和黎諾依說了幾句話，夜不語環顧許久沒有回來的夜村。村子沒什麼變化，甚至通往外界的唯一那條路，都沒修葺過。老屋子成片的堆積在三個區域。夜村作為主家，建築比較多，張家和李家的人丁少，房子也少。

再遠就全落入黑霧裡，看不真切了。他深深吸了一口氣，只聽黎諾依在他耳畔輕聲道：「阿夜，代族長一直在等你。辦正事要緊。你知不知道，老族長已經死了，你現在已經是一族之長。」

夜不語嘆了口氣，他怎麼可能不知道。夜家作為古老家族，其實冥冥中一直都有一股隱晦的傳承。上一代家主死後，無論是守護女還是下一代族長，都能感覺到。爺爺死的那一刻，他就察覺了。但那時他正深陷某個事件當中，深感其中的陰謀詭異深邃，看起來不止針對他，而且還針對整個世界。

他在佈局，在暗中尋求反擊。根本沒辦法回來參加爺爺的喪事。夜不語和老男人楊俊飛等打了個招呼，匆匆地走入了夜家祠堂。他和代族長夜老六見面後，被夜老六劈頭蓋臉地大罵了好一會兒。這才鄭重地將一把青銅鑰匙放在夜不語手心裡。

這把古老的鑰匙能開啟一道只有夜家族長才能打開的隱秘房間，那裡邊，藏著夜族所有的秘密。

夜不語走入祠堂深處，夜老六和李夢月緊張地守在門外。他一進去，就從陽光普照待到夜幕降臨。

直到晚上八點過，夜不語才從祠堂走出來。他看向一直在祠堂外等待的所有人，沉重地說了一句：「我終於明白，鬼教花了千年，陰謀綿延數百年，究竟想要在夜村謀取什麼了。」

多年來，一直不解的許多疑惑，在對照了夜族的秘密後，恍然大悟。夜不語回憶了自己出生後的種種，遍體生寒。自己的母親遇到父親，是鬼教的局，生下他同樣是鬼教的局。

他之後不斷遇到陳老爺子的屍骨，不斷收集這些骨頭，全都是鬼教的局。他不知不覺中被鬼教利用，竟無知地順著鬼教的佈局，打碎了夜家禁地大部分的封印。

不過，阻止鬼教的野心，還不晚。

「原來從我出生的那一刻起，不，甚至我沒有出生前，陰謀就已經開始了。我從夜村出走，我讀書，我一次次遇到詭異事件。一切的一切，都有鬼教陰謀的影子。他們，想要奪走夜村鎮壓了兩千年的東西。那東西，如果不機關算盡，如果不耗費巨大的精力人力物力，如果不耗費大量的光陰，根本就無法弄到手。」

「我和守護女必須去夜族的禁地一趟，相信在那兒，最後的答案將會迎刃而解。恐怕鬼教的精英力量，也早已聚集在了禁地深處。」

早在感覺到自己被陰謀籠罩的時候，夜不語就也在反向佈局。長達三年時間，他讓楊俊飛將神秘倉庫搬空，秘密地轉移到夜村的禁地外。用所有超自然物品，佈置出了一個死局。因為他清楚，或許最後的一場戰鬥，會在夜家禁地展開。不破釜沉舟，置之死地而後生，他就沒有任何的機會贏。

夜不語默默地用力踱了踱右腿，腿上用來固定受傷處的堅固石膏，頓時碎成了幾塊。

游雨靈瞪大了眼：「小夜，你的腿難不成根本沒受傷？」

「我從來就沒有受傷，這全都是我布下的局。用來隱藏這東西。醫院裡最重要的古物，根本不是什麼手絹。而是裝手絹的盒子。鬼教想要掩人耳目。但是我一早就將盒子弄到手了。我將盒子藏在石膏中，好不容易才將它保住。」

夜不語蹲下身，從石膏碎塊中掏出了一個手掌大的青銅盒子。這個盒子很古舊，歷史悠久，上邊鏽跡斑駁。最古怪的是，有九條如兒童小指粗細的金屬鎖鏈，牢牢將盒子鎖住。

鬼教對它如此看重，確實有重大的原因。在夜族的秘傳典籍中，他也讀到了這個盒子的用途。這盒子本就是陳老爺子的陪葬物之一，而且非常重要。

這一仗勝敗的關鍵，恐怕要落在這盒子上了。

夜不語將醫院裡拿到的手絹，包住楊俊飛等人幾十年來收集到的陳老爺子骨頭，放入了盒子中。

離奇的是，如此大一包屍骨，接近青銅盒子後。盒子上的鎖鏈竟然根根斷開，古舊小盒的蓋子也敞開了，連手絹帶屍骨，放進去剛剛好。

他抬頭，再次看向村外翻湧的黑霧。那霧猶如苦海，環繞在周圍。鬼教數年前用搶來的鬼門割斷他和守護女的輪迴因果，從守護女身上得到了進入夜族禁地所需的最後一樣東西。

自己，真的能贏嗎？

苦海無涯，可又有誰人能知，明曉得前路是絕壁，有時候也不得不闖進去。因為那是他所能為別人爭取的，最後一絲生機！

夜不語又看向楊俊飛：「社長，我需要兩天時間，你們能幫我爭取嗎？保護夜村這最後的一塊陣地，不讓它被鬼教滅掉。」

楊俊飛凝重地向村外望了一眼。外界的黑霧已經濃到伸手不見五指的地步，在黑夜中，它甚至比這夜色更加漆黑。夜村被奇物以及鬼門結界保護，也不知道能撐多久。或許下一秒，防護力量就會如泡沫般，脆弱得一捏就破。

「兩天。行，我盡力試試。」最後楊俊飛一咬牙，扛下了這個重擔。他心裡也沒有底，如果只是黑霧以及怪蟲也就罷了，最怕鬼教門徒趁亂攻擊。畢竟現在他們用的全是陰教的人，鬼教的力量，完全沒有出現過。

鬼教的勢力究竟有多大，楊俊飛至今也沒查清過。不要說他，就連調查了鬼教二十餘年的游雨靈父親，也說不出個所以然來。只知道，鬼教殺光了所有搜集陳老爺子骨頭的勢力，將除了偵探社轉移走的骨頭之外的所有陳老爺子骨頭，都集齊了。

這份實力，讓人毛骨悚然。

而夜不語，卻要僅帶著守護女，隻身抵抗鬼教精英。楊俊飛並不看好，贏面太小，他能做的，只剩下負嵎頑抗。哪怕是死，也要儘量死得好看。

「多謝了。」夜不語道謝。

謝字一出口，楊俊飛的臉就抽搐了幾下。小夜從來沒有對他說過謝謝，與其說是道謝，更像是遺言。他喉結動了動，張嘴想要將夜不語留下，讓他不要去禁地。可是話到嘴邊，卻無論如何也開不了口。

留下又如何，不過是苟延殘喘一段時間罷了。想要活下去，只能死中求生，奮力一搏。哪怕是以卵擊石，也絕不退縮。他認識的夜不語就是這麼一個人，承受過無數次危險，始終能在死亡中浴火重生。

希望這一次，他仍舊能創造奇跡。

夜不語見他臉色難看，俏皮地用力拍了拍他的屁股，接著走到了林芷顏跟前：「死女人，如果集齊了陳老爺子的骨頭，召喚出了能夠實現願望的超神秘生物，妳有沒有願望想要實現？」

「當然有。」林芷顏紅唇動彈了幾下，並沒有說自己的願望是什麼。

夜不語卻笑道：「其實，我早知道妳的願望了。嘿嘿。」

林芷顏白了他一眼，一把將他抓住，用性感的嘴唇在他臉上狠狠親了一口：「記得活著回來，我們之間還有很多帳沒算呢。」

「放心，我命大得很，死不了。」

夜不語嫌棄地用手擦著被親過的臉，他摸了摸妞妞的腦袋：「妞妞，妳從小蘿莉都變成大蘿莉，越變越漂亮了，哥哥去給妳掙一條活路，讓妳能長大，長得更漂亮。找一個像哥哥一樣帥氣厲害的人嫁了，過一輩子幸福的生活。」

「妞妞才不要嫁給別人，妞妞最喜歡哥哥。」粉嫩的小蘿莉抱著夜不語，她古靈精怪的性格比同齡的孩子早熟很多，她捏著小拳頭，忍住不哭：「回來後，妞妞要嫁給哥哥。」

「哈哈。」感受著妞妞饅頭大小的胸脯，夜不語忍不住笑起來：「好好，到時候等妳打得過夢月姐姐了，我就娶妳。」

「切，人家諾依姐姐也打不過夢月姐姐，那你怎麼一天到晚跟人家搞曖昧。總之哥哥你都有打破一夫一妻制的走向了，乾脆將我一起娶了得了。」妞妞嘟著嘴，眼角裡全是淚光。

忍住，忍住，妞妞一定要堅強，一定不要哭。

夜不語最後來到了黎諾依跟前，還沒說話，黎諾依已經笑了。那風華絕代的清純笑顏，看得心底的霧霾都消失得一乾二淨。她捋了捋自己的黑長直秀髮，眼瞅著夜不語的老屋子：「一路趕過來，午飯晚飯都沒有吃，餓了吧。我給你留了些飯菜，有話吃飽說。」

「諾依姐哪裡是給你留剩菜，她給你準備了單鍋小炒，開了小灶。我們才是吃些簡單的速食麵什麼的，饞死了。」妞妞大聲告密。

黎諾依橫了小蘿莉一眼，不管不顧地挽著夜不語的手，半拖半拽地將他拉入老屋中，並順手合攏了門。守護女李夢月看著兩人的背影，並沒有阻攔。

一旁看著的張怡神色裡湧上一層古怪：「你就讓他們單獨在一起？」

李夢月抬頭望天，不言不語。璀璨冰冷的眸子中，到底隱藏著什麼心思，沒人知道，恐怕就連她自己，這一刻也不清楚。

「吃吧。」桌子上擺放著豐盛的晚餐，有熱菜有涼菜，葷素搭配得當，色香味俱全。哪怕有些菜已經涼了，仍舊看起來那麼美味。黎諾依的手藝，一如以往的保持高水準。

這秀麗的女孩拚命往夜不語的碗裡夾菜，她用雙手托著香腮，美目一眨不眨地看著夜不語淺淺地吃了幾口。

「多吃一些。」女孩笑盈盈，絲毫沒看出有任何擔心。她不時用手將夜不語嘴角沾上的飯粒摘下來，輕輕放入自己的唇中。

吃飽喝足的夜不語，卻似乎沒話跟黎諾依說了。這冰雪聰明的女孩和他一直有一股老夫老妻的默契，千言萬語，抵不上一個眼神。夜不語相信，什麼話都不說，比留下什麼，讓她牽掛更好。

每個人都有每個人的人生，可這次不同。夜不語的老宅大門的門檻，就彷彿一道分水嶺，兩條交叉線上的分水嶺。線的那一頭可能是美好的結局，但更有可能，便是永恆的分離。

「我吃飽了。那個，我去準備一下，明天一早就要出發。」夜不語乾咳了一聲，站起來道。

他轉過身正要開門。一襲香軟的身軀，已經用力地從後邊將他抱住。柔軟的兩團碩大頂在他的背後，女孩子的香甜氣息，佔據了他的所有感官。

「不要走。」黎諾依甜甜膩膩的氣息噴在夜不語的耳畔，聲音細得像蚊蚋：「我其實想要你不要去，想得不得了。但是我知道，你一定會去的。所以我放棄了。」

夜不語嘆了口氣，輕聲道：「我不會死，這一次我有把握，我能贏。退一萬步，如果我真的回不來了，我也會來找妳。」

用盡辦法，用盡生命，哪怕打破生死界限。上了天堂，我就將天捅出一個窟窿，下來娶妳。下了地獄，我會從地獄的最底下爬出來，上來找妳。我不會放下妳，不會拋棄妳。

請妳，相信我！

「我信，我當然信。」黎諾依哭得梨花帶雨，她壓抑著自己的聲音，不讓自己哭泣的音，嚮出來，不讓自己哭泣的模樣，被他看見。她抱著他的那雙手，更緊了。

她的胸膛猛烈地呼吸著，胸口的兩團軟肉隨著呼吸而不斷碰撞著夜不語的後背。她的身體在發熱，心裡下了個決心，臉上潮紅如湧，粉嫩的顏色一直蔓延到了耳根。

「不管發生了什麼，我都等你。用盡我一輩子，用盡我一生。用盡我生命裡的一切。我都會等你。

「無論你，回不回來。」

黎諾依清楚，夜不語瞭解自己，瞭解自己的一切。夜不語知道如果他無法回來，她一定會去找他。無論是陰曹地府，還是天堂深處。這是一世的牽掛，也是一世的寄託。

夜不語想要讓她活著。

那她就活著，哪怕孤獨，哪怕無窮的等待，哪怕一輩子的擔驚受怕。她都會活著，等他

——回家。

女孩將夜不語的身體轉過來，她的正面抵著他的正面，她的胸膛，堂堂正正地壓著他的心口。她的視線，直視他的雙眼。她長長的睫毛動了動，水汪汪的大眼睛，輕輕閉上。

四片唇，貼到了一起。久久糾纏，不願分離。

一個深深地吻不知延續了多久。黎諾依放開了夜不語，她先後退了一步，又退了一步。她的肩膀動了動，單薄的黑色外套和裡邊的白色衣裙，滑落在老宅的地面。

兩個身影，再次重疊在了一起。

一夜過後，當黎諾依從睡夢中醒來，她身旁早已經空無一人。

夜不語離開了，守護女也走了。

從此在她的生命中，再也沒有出現過。兩人就此失蹤在了後山禁地，了無影蹤……

秋日的夜村，在第三天早晨，黑霧退盡。圍村的怪異昆蟲，一眾鬼教門徒，全都失

去了下落。

老女人林芷顏的電話響了，接到電話的一剎那，她的臉上露出了發自靈魂的笑容。她努力了一輩子的願望，真的實現了！

就在那一天，世上陳老爺子的骨頭全沒了。擁有超自然力量的事物，也全沒了。這個世界，變成了普普通通的世界。再也沒有奇怪詭異的物件與勢力。所有人，都能普普通通的幸福活著。

黎諾依的拳頭緊握，手心裡有一張被捏得皺巴巴的紙條。上邊簡單的寫這四個字：

等我，娶妳。

霧退後的夜村，秋日的涼讓一眾紅葉落地。厚厚的紅葉帶著冰冷的淒涼，染得黎諾依滿眼的淚目，和朦朧的紅！

尾聲

那年，黎諾依剛過完二十五歲生日。她結束了在夜村的漫長等待，孤獨地吹滅眼前的蠟燭，揹上簡單的行囊，尋遍大江南北。五年時間，一千八百二十五個日夜，她沒有找到夜不語的行蹤。

那年，黎諾依三十五歲。她不接任何人的電話，在北美一家汽車旅館中，點燃一根蠟燭，沒有蛋糕，沒有酒。她沒有找到夜不語。

「小夜，今天我三十五了。十年了，你什麼時候，回來娶我？」女孩默默對著蠟燭自言自語，看著這搖晃不定的燭光，吹滅了它。

那一年，黎諾依四十五歲。她不再年輕，她也不再滿世界的亂跑尋找。她將自己的公司賣了，在一開始遇到夜不語的地方租了一間房子。簡單的小房子，塞了許許多多用得著用不著的家具。她不愛空間太大。因為她的心缺了一半，無法填滿。

不知何時，她發現頭上開始出現了白頭髮。她總是一邊自己對著鏡子拔白髮，一邊輕笑。她的笑容還是那麼好看，卻已蒙上了歲月的痕跡。

她甚至忘記了自己的生日，只會在夜不語生日的那天，買來一塊蛋糕，點亮生日蠟燭。夜不語多少歲，就點多少蠟燭。

她輕輕吹滅蠟燭，一根不剩。那一年，夜不語仍舊沒有回來。她依然孤獨一人。她不怕一人睡覺，不怕黑，什麼都不怕。

可她依然無法習慣，沒有夜不語的日日夜夜。

緩緩十年再過去，那一年，黎諾依五十五歲。她烏黑的髮絲，逐漸花白。她的甜甜笑容中，刻下了皺紋。在夜不語生日那一天，黎諾依很開心。她找到了一座小城市，一個小院。她夢中的小院。

那個小院外，種著一叢叢紅色的薔薇花。就彷彿一直在那裡等待她的到來，一如她一直在等待夜不語回來娶她。

黎諾依搬進了小院裡。每一年，她都會看著秋天的梧桐樹發呆。她希望自己能夠像街邊那些梧桐樹一樣，到秋天就落葉，第二年又抽出新綠。這樣自己就不會老下去，這樣夜不語回來後，就不會見到自己日漸蒼老的模樣。

但是，她卻不能長出新鮮的芽。

有一年，黎諾依種在院子裡的玫瑰開放了，她其實知道那是月季，不是自己喜歡的純種的玫瑰，但還是非常好看。

真的！因為，夜不語曾經說過，月季就像最美麗的少女的笑顏。就像她。

黎諾依多希望自己等待的人會突然出現在自己的院子裡，指著月季，笑著說：「妳看，開了一朵。」

那一年，那滿院子的月季，帶著一種難得的閒情，盛放出姹紫嫣紅。歲月的增長，讓黎諾依習慣了一個人吃飯，習慣了一個人散步。她甚至學會了習慣孤獨。但她還是沒有習慣，心臟上那缺少他的那一半。

一年又一年，黎諾依六十五歲了。她滿頭銀白的髮，走路帶風，卻也不像年輕時那麼俐落。她像個慈祥的老太太，有時候會去孤兒院做做義工，為孩子們講故事。

她有時會講到夜不語，那個讓他等了一輩子的男人。一個聽這故事總不厭其煩的大眼睛女孩，總會好奇地問，老奶奶的夜不語什麼時候會回來？

是啊，這一年，夜不語沒有回來娶她。她不小心磕掉了一顆牙。她才發現，自己真的老了。但她仍然在等。

等那一個承諾。

七十五歲那年，黎諾依在住了二十年的小院裡，種滿了月季。紅紅的月季，美得遠遠望去，就如一片姹紫嫣紅的海洋。

秋天，梧桐又落葉。月季已經到了快要凋謝的時候，卻綻放出最美的繁花。黎諾依坐在自己的小院裡，她光著腳，坐在木椅上雙腳一擺一擺的。看著院子外那條小道上，梧桐樹葉在風中落地。

像枯葉蝶似的在秋風中滿天飛舞的桐葉，擲地有聲，完成一季生命輪迴。

八十五歲，孤兒院的孩子們早已長大了。那個總是纏著自己問長問短的女孩，那個有著大大眼睛古靈精怪的女孩，結婚生子，有了自己的女孩。她總會跑來小院看望自己，幫黎諾依打理院落收拾東西，勸她搬到養老院去。

黎諾依臉上的皺紋很深，她走路不穩，她的眼神渾濁。可她依舊在守著諾言，等待著夜不語。她知道自己時日不多了。那一天，大眼睛女孩又來了。她絮絮叨叨地圍著坐在院子裡曬太陽的黎諾依，但是黎諾依早已耳背，聽不太清楚。

她的世界模糊，她的腦袋也不清晰。唯有自己六十年前的諾言，還牢牢記得。唯有那張自己魂牽夢縈的臉龐，還緊緊記住。她的記憶能保留下的所剩不多，她不惜忘記自己的一切，就為了留下，對夜不語最後的回憶。

大眼女孩的絮叨越來越遠，黎諾依感覺自己渾濁的視線突然好了。不清不楚五六年的院子，變得清晰明白，顏色鮮豔。她甚至能看到小院裡的月季冒出頭來，探到圍牆外。

幾藤紅色的繁花下，一個男子拿著一個九根鐵鍊緊鎖的青銅小盒子，站在門前看著花。

「妳看，開了好多。」男子轉過身來，含著笑看她。

黎諾依也笑了，她低頭看了看自己。她不老，她穿著一襲白裙子，她的容顏是她最美的時刻；她離他越來越近；他的瞳孔中，倒映著她被風吹起的白裙和隨風吹亂的長髮。

「對啊，開了好多。喜歡嗎？」

「喜歡啊。」

黎諾依呵呵一笑，美麗的笑容彷彿圍牆下的薔薇般璀璨：「我終於等到你了。」

「對不起，讓妳久等了。我一直都在妳身邊，但被困在另一個維度中一直看著妳，陪著妳。只是妳一直都察覺不到我的存在。不過無所謂了，跟我走吧。」

「去哪？」

「去彌補妳等待我的時光，彌補我們失去的一切。我們去巴黎看鐵塔、布拉格看斜陽、坐到海邊吹海風看晚霞。妳不想嗎？

想，當然想。作夢我都想。可你，還會娶我嗎？

「娶妳啊。咱倆和夢月，永遠在一起。」

繁花的院子裡，古稀老人的臉上浮現出一絲笑容。大眼女孩看著突然離世的老人，不知為何，竟然有了一絲明悟。

老奶奶的夜不語，終於來接她了。

六十多年的等待，她，會成為世上，最幸福的新娘。

院裡的紅色月季，片片凋零，被風吹過，落了一地，圍在黎諾依的周圍，彷彿一朵綻放的紅裙。黎諾依和夜不語牽著手，看著自己蒼老的肉身。她輕輕一笑後，再也沒有眷戀，和夜不語一同去他的世界，消失不見！

The Ens

後記

當寫下「全文完」三個字的時候，我彷彿花光了全身上下，所有的力氣。

多少年了？從這本書的第一個字開始寫，寫到最後一個字，花了多少年？掐指算算，竟然度過了漫長的十八個春夏秋冬。

人生有多少個十八年？如果一個小孩打娘胎裡出來就在追讀《夜不語詭秘檔案》系列，他今年應該也十八歲了，要開始讀大一了。這部書最老的讀者，也三十多，甚至有的已經四十歲，小孩都要讀國中了。

遙記得當初是2001年，我還在德國讀大學的時候，在簡陋電腦上為這本書打下了第一個字。當時這個系列還不叫《夜不語詭秘檔案》，當初的名字很俗氣——《我的遇鬼經歷》。發表在榕樹下。

對，當時還有榕樹下。當時還有幻劍書盟，而龍的天空論壇還很火熱。當時，還沒有起點中文網。百廢待興，網文猶如一團混沌。

我一直走的是出版路線，完美地錯過了網文的爆發。但是我並沒有後悔過。2003年，這本書更名為《夜不語詭秘檔案》，開始一本接一本的出版繁體版。2006年，開始陸續出版簡體版。

十八年過去了，無論是繁體版還是簡體版，當初的出版社換了一輪又一輪，我見慣了一間又一間的出版社轟然倒塌。我還是出著小清新的單行本，一個月一本，或者幾個月一本。從最初的一個故事六萬五千字，變成了一個故事八萬字。由於單行本字數的限制，故事有的爛尾，有的採了開放式結局，並不完美。

一年又一年。寫著書，悠長的時間就在我的世界中，幻燈片似的掠過。我在寫《夜不語詭秘檔案》第二部的那一年，結婚了。

我在寫《夜不語詭秘檔案》第五部的時候，有了女兒餃子。

現在餃子六歲了，今年讀小學了。我敲下了《夜不語詭秘檔案》系列，最後一個字。就出版而言，這個系列無疑是成功的。商業上，這個系列為我賺了許多錢、遊戲、影視、等等，讓我實現了初步的財務自由。

但是從現有潮流而言，《夜不語詭秘檔案》的許多設定和世界觀，已經跟不上時代。這也是我最終痛下決心，結束這個人生系列的最主要原因之一。

時代在變化，跟不上時代的人，跟不上時代的書，終將被時代拋棄。

當然《夜不語詭秘檔案》系列結束了，但這並不是永別，而只是未完待續。或許將來有一天，我會提筆再寫《夜不語詭秘檔案Ⅱ》，誰知道呢？

當然，我也準備好了新書的題材。準備休息幾天，就提筆開工。新書是更清新的劇情，有升級有打臉有爽有淚。就連名字，我也取得很奇葩——《宇宙圖書館》。顧名思義，是一個科幻輕鬆向的恐怖懸疑故事。

我會保持自己一貫的高水準，為大家展現一個幽默恐怖的奇異世界。

十八年的歲月，匆忙地在我寫《夜不語詭秘檔案》中流走，連招呼都沒和我打一聲。我在寫這本書的後記時，偶然照了照鏡子，才驚然發現，自己的髮絲間，竟已悄然冒出了一根白髮。

我三十多歲了，什麼時候開始，我已經變得不像個年輕人了？

《夜不語詭秘檔案》的時代，終於落幕。新的故事，陳老爺子屍骨的秘密，《夜不語詭秘檔案》系列中，殘留的謎團。

一切的一切，都會在新書《宇宙圖書館》中揭開。

新的書，新的征程。

將來的日子，我們一起，繼續！

夜不語

作者 夜不語
封面繪圖 Kanariya
總編輯 莊宜勳
責任編輯 黃郁潔
美術設計 三石設計

出版者 春天出版國際文化有限公司
地址 台北市信義區信義路四段458號3樓
電話 02-7718-0898
傳真 02-7718-2388
E-mail story@bookspring.com.tw
網址 http://www.bookspring.com.tw
部落格 http://blog.pixnet.net/bookspring
郵政帳號 19705538
戶名 春天出版國際文化有限公司
法律顧問 蕭顯忠律師事務所
出版日期 二〇一九年七月初版
定價 170元

總經銷 楨德圖書事業有限公司
地址 新北市新店區寶興路45巷6弄6號5樓
電話 02-8919-3186
傳真 02-8914-5524

夜不語作品 30

夜不語詭秘檔案906：荒村禁地（完）

國家圖書館出版品預行編目資料

夜不語詭秘檔案906：荒村禁地（完）／夜不語 著.
一 初版. 一 臺北市：春天出版國際， 2019.07
面； 公分. 一（夜不語作品；30）
ISBN 978-957-741-211-9（平裝）
857.7 108009160

ISBN 978-957-741-211-9
Printed in Taiwan